〔俄罗斯〕尤里·布伊达 著
颜宽 译

零号列车

南海出版公司

新经典文化股份有限公司
www.readinglife.com
出 品

LE TRAIN ZÉRO

Дон Домино

主要人物及别称

伊万·阿尔达布耶夫:万尼亚、万尼奇卡、堂多米诺

米哈伊尔·朗道:米沙、米什卡

埃斯菲莉·萨科芙娜·朗道:费拉、费拉尼卡

伊戈尔(费拉之子)

瓦西里·德列穆欣:瓦夏、瓦夏卡

奥古斯塔·德列穆欣娜:古霞

阿廖娜:阿廖努什卡

阿廖卡(阿廖娜之女)

"犹太人走了!"他朝着空荡荡的屋子大喊,任回音飘荡,但还是等不到回应。于是他转身朝向窗户:"犹太人永远地离开了。只剩下我们,一群傻瓜,还留在这里。"

他从此处能清楚地看见,男人和女人被沉重的行李压弯了腰。(如今你只能称这些为行李,不是物件,不是家什,不是老费拉在车站四十余年里收集起来的破烂。只是行囊,难民和乘客的重担,真他妈够呛。)他们小心翼翼而艰难地沿着狭窄泥泞的小路走向大桥,一个接一个踏上颤巍巍的、生锈的铁板。桥下是狂怒的河水,而桥对岸停着一辆大卡车。

费拉一动不动地坐在院子中央的一把曲背椅上,待在一堆垃圾、破布和废纸之间。每当有风吹过,它们就像一群脏兮兮的白鸟,随风旋腾而起;或者被猛地吹向旁边,贴在掉皮的墙面、歪倒的栅栏上,贴在好心人为这个老妇人披上的黑色雨衣上。她木然地看着前方,既没注意到儿子,也没注意到儿子的朋友——趁天黑之前,他们正忙着将稍微值钱的东西运往对岸。

而他一直站在窗边观察着费拉,观察她的一生是如何随着一件又一件东西、一块又一块破布、一张又一张照片渐渐离开这栋屋子。它们被匆忙地堆上溅满泥浆的巨大卡车,将永远而彻底地、永不回头般离开,尝试去往某个遥远的地方,依附一种陌生的新生活。其中一张照片上是第一批迁入的居民:费拉、她的丈夫米沙、他——伊万·阿尔达布耶夫,因为喜欢玩骨牌,人送外号"堂多米诺",还有伊万的生死挚交瓦西里和瓦西里的妻子古霞。还有几个在河岸处帮他们卸下行李的士兵,踩着河水间的鹅卵石送他们过河。河对岸只有两间漏风的简易木房。士兵背着胖胖的古霞过河,差点跌进水里;而费拉将头发盘在脑后,穿着与晚霞同色的丝绸连衣裙,踩着高跟鞋,决定自己渡河,尽管愿意抱她过河的不在少数。一块块淡蓝色的鹅卵石,在余晖映照下黄澄澄的流水间凸露。她脱下鞋子,光着脚在上面跳跃。这张照片上没有阿廖娜,没有红发上校,没有第一批迁居者以外的其他人。最初他们来到这个在神秘地图上以数字标记的车站,搬进这两间遍布裂隙的简易木屋。接下来他们还要修桥、铺设铁轨,为修理工和后来在锯木厂与枕木防腐厂干活的工人搭建营房。但今非昔比。现在,这里已经荒无人烟。有人走了,有人死了,死者被葬在河对岸一处狭小的墓地,离桥和屋舍很远,离生者很远。那些活着的人应该毫不懈怠地做工,少思考死亡。如果要思考,也不该思考自然的死亡,而是思考作为惩罚的死亡——不服从、多嘴饶舌,或是试图逃跑的下场。现在,这里已经空无一人。费拉也要走了。只剩他,老阿尔达布耶夫还在坚守,而他已经没有一起在桌上推骨牌的对手了。对了,还有古霞,她藏在这间空荡荡的、回音响亮的屋子深处,既不吭声,也没动静。或许她也死了……

他戴上毛皮帽,套上棉衣,走向河边。那里有一条狭窄泥泞的小道,一路通向锈迹斑斑的大桥。笨重的金属桥架在汹涌的湍流上微微震颤。

费拉的儿子一手提着曲背椅,一手搀扶着费拉。费拉吃力地挪动套着胶鞋的双腿,颤颤巍巍地走在稀泥地里。

"你好,万尼亚叔叔。"伊戈尔擤了一把鼻涕,从厚实的夹克胸前口袋里掏出一盒香烟。"来一根吧。"

堂多米诺摇摇头。

老费拉侧坐在椅子上,双手抓住沿路已经朽坏的栏杆。想当初这里铺设的是结实的木制台阶，阿尔达布耶夫每年都会将台阶翻新一遍。

"零号列车还经过吗？"伊戈尔眨眨眼。

"不然呢？它还能去哪儿。"阿尔达布耶夫阴郁地回答。

"那边已经没有铁轨了，万尼亚叔叔，"伊戈尔说，"那儿，那儿都没有了。"他朝村子的方向挥了挥手。"什么都没有了。这里的铁轨只是忘记拆除了。走吧，一个人留在这里干什么呢？何况还是大冬天？"

伊戈尔摇摇头，丢掉烟头，搀扶母亲站起身来。

堂多米诺摘下帽子，艰难地挤出一丝微笑，露出两排整齐的、钢铁一样结实的牙齿。

费拉长叹一口气。一张嘴突然从她那布满皱纹、满是褐色与青色斑点的脸上浮现，露出一口参差不齐的黄牙。她用颤抖的手为阿尔达布耶夫画了一个十字。

"再见了,伊万……这一次是永别了……"

他小心翼翼地将她轻飘飘的、几乎没了实体的身体搂在胸前。

"再见了,费拉,"他清了清嗓子,"春天是一个糟糕的季节,再糟糕不过了……"

老妇人抓着晃悠悠的栏杆向上爬,不时在泥泞中打滑。她的儿子见状想要搀扶,但她用胳膊肘推开他,继续向上攀登,直到终于抓住了大桥的铁栏杆。

"还有椅子!"阿尔达布耶夫突然反应过来,"伊戈尔!费拉!你们忘了椅子!椅子!"

伊戈尔挥了挥手。

他们在咆哮的冷风中压低身子向前,从春

季漫涨的河流上经过,踩着台阶一步步向下,来到卡车旁。伊戈尔帮助母亲爬进驾驶室。卡车溅起泥浆,好不容易才掉转了车头,发动机发出凄厉的嘶吼,卡车沿道路爬上山坡。

"鱼[①],"堂多米诺大声说道,拉低帽檐,盖住几绺灰白的头发,"死局。"

他将椅子扛在肩上,慢悠悠地沿缓坡向村子走去。靠近河边最前排是一栋二层砖房,曾经供车站职工和家属居住,现在这里只剩下堂多米诺与老妇人古霞。古霞自从葬礼后就不知道躲进了哪个角落,已经三天没有回应他的呼唤。走到半路时,阿尔达布耶夫生气地将椅子腿插进烂泥里,裹紧棉袄,坐下来抽烟。鱼局没得下。人就剩他一个。他用通红的手掌护住

---

① 指多米诺骨牌无玩家出牌,陷入僵局。

火柴的焰苗，不慌不忙地点了一根烟。

"犹太人也这么走了。"他又一次念叨起来，抬起无神的双眼，望向被蒙蒙雾气笼罩的丘陵。连绵起伏的山丘像锈褐色的波浪，单调地涌向森林的边缘，如同锯齿切开低垂的、几乎辨不出蓝色层次的天空。而天空像一张潮湿的吸墨纸，笼罩在锈迹斑斑的铁轨上，笼罩在被褐色激流猛烈冲击而震颤的单轨大桥上，笼罩在村子的屋顶上——准确来说，是笼罩在村子所剩无几的废墟上：几节备用轨道上的货运车厢残骸，没封顶的仓库，狭小月台上显眼的、带玻璃阳台的候车厅，费拉家的砖房，院子里潮湿的风一次次地托起脏兮兮的白鸟……

四处散落着被推翻的栅栏，坍塌的墙壁，被生锈电线缠住的、栽倒的电线杆，一切标志着这里曾经存在着住宅、锯木厂、枕木防腐厂、办公室、酒馆、修理车间——数十年来保存完好的设施,曾经只为在午夜的零点时分等待一列飞驰的零号列车。它呼啸而过,即使在弯道处和轰鸣、呻吟着的大桥上也绝不减速。一百节车厢,每一节车门都紧锁加封。四节蒸汽机车,两节在前,两节在后,切喀—切喀,呜——呜——呜!一百节车厢。始发站不明,终点站机密。别多嘴。你们要做的事情很简单:确保轨道正常,从始至终,准时准点。这就是那位上校在头一天晚上将大家集合在一间营房的闭塞房间里说的话。红发,蓝眼。那位上校叫什么名字?他真的是上校吗?按军衔算,他可能是将军。确保正常,别提问。有疑问吗?没有,上校同志。确保正常,上校同志。而上校对此从不怀疑,一次也没有过。不然他为什么在这里?不然这些经过层层审查的家伙为什么被调来这里?

临近冬天时,工兵为车站职工和工人建好了宿舍,还有仓库、临时维修车间、水塔和煤仓。第二年春天,大桥也架好了。嶙峋的桥身骨架延伸过湍流的河滩,直抵远处山丘之顶,山尖几乎隐没在汇成一片的树海之中。到了五月底,锯木厂、枕木防腐厂也竣工了,酒馆也开张了。而在六月一日——堂多米诺永远也忘不了这个日子——零号列车首次试运行。

米什卡·朗道、费拉、瓦夏·德列穆欣、瓦夏的妻子奥古斯塔、伊万·阿尔达布耶夫——后来因为精于多米诺骨牌,得了个堂多米诺的外号。(还有一种说法,像费拉说的那样,他面相上带点吉卜赛式的"西班牙风情"。)还有谁?莲卡·阿姆巴尔楚米扬和她的丈夫拉菲克。当然,还有那位上校,他和他的部下都穿着熨烫笔挺的制服和擦得锃亮的皮靴。还有锯木厂厂长乌多耶夫。锯木厂会计和他那能占满整张双人床的妻子,一个严肃的胖女人。那女人每个月会去一趟远一点的车站,在远离熟人的地方寻欢作乐。自愿者不多,而她来者不拒,总是大方地付酒钱,一次一瓶,于是酒鬼们三三两两前来,因为会计妻子只为真正到位的服务埋单。还有谁?不记得了,他们的面孔在记忆中暗淡下去,就像被磨损的硬币,而他们以及有关他们的记忆本就无关紧要。

那一夜,所有人都没有睡觉,瑟瑟发抖,一遍遍地检查一切是否正常——好了,谢天谢地，看起来一切就绪。那这个呢？这个也正常。那个漫长的六月天，只是因为零号列车，才得以留在记忆之中。那些面孔、言语、手势，清晨铁轨上的露珠，到了正午时分又化作闪亮的灼灼银光，还有硬草丛里蟋蟀的鸣叫，木材防腐油的气味——这一切，所有的一切，只不过是等待零号列车时的剪影。

过了晚上十点（太阳缓缓地落在了锯齿状的森林边缘），所有人都在车站附近的空地上徘徊，焦躁不安，立马开始或者即刻中断某场无聊的谈话，抽烟，无数次检查裤子上的褶皱，摆弄裙子，捋顺丝袜的缝线，再洒些上校特意为这一天准备的香水。而在院子里浆过的桌布上，杯子与瓶子的侧边泛出微光；洗过一遍又一遍的盘子堆成好几摞；挨家挨户收集来的几

捧芍药被摆在椅子上,燃烧般怒放。十一点半,费拉悄声说道:

"我好像听见了。"

"还有半小时,"她丈夫摇摇头,"你幻听了,小兔子。"

怀孕的奥古斯塔大口大口地呼吸,空气里混杂着防腐油、鞋油和古龙水的气味——这样的空气浓稠得让人想用快刀劈开。不到十分钟,她就开始宫缩。

"真有象征意义。"上校做出一个鬼脸,"新生命与新道路即将同时诞生。"

一名护士从锯木厂跑来,一身伏特加的酒气。人们搀扶着奥古斯塔进了诊所。五分钟后,瓦夏·德列穆欣回到这块空地,有人给他倒满一杯伏特加。他闭上眼,大口灌下,呛得直咳嗽,伏特加流过他的下巴，流过刮面时割伤的喉结。

"现在真要来了，"费拉说，无力地瘫倒在椅子上，"我的脚已经软了，米沙。"

朗道将妻子连人带椅搬到了月台上。

"漆黑一片，"上校说，"来了。"

一束光抚过远方的树梢，几秒钟后，山丘间爆发出一个刺眼的光点。列车带着有节奏的轰鸣冲向大桥。汽笛声响起。车轮撞在桥梁的骨架上，轰鸣戛然而止，随后重又响起。转眼间，探照灯的亮光散射成雾，车轮撞击铁轨的响声连成一片，油亮的铸铁，暗淡的钢壳，一节接一节全部紧闭封死的车厢，空空荡荡的制动平台。列车伴着轰鸣扬起尘屑，飞驰过忘了献花的欢呼着的人群，飞驰过雀跃的、相互亲吻的身着制服的男人们，然后消失在离车站一公里的弯道,而那撞击声与轰鸣声仍久久地回荡在山间。

上校笔直地站着,向飞驰驶入午夜的缄默列车致敬,泪水顺着他刮过两次的饱满脸颊流淌。

"就是这样。"他哽咽着,终于说出了一句话,"看见了吗?这就对了,要让它永远这样运行下去。哪怕为此牺牲,粉身碎骨,甚至手染鲜血,只要能保证列车准时通行,绝不延误,分秒不差,明白了吗?"他转向伊万·阿尔达布耶夫:"你——明白了吗?"

"明白,上校同志,"伊万压低了声音回答,"一切明白。"

"你是敌人的后代,"上校继续说,用手帕擦了擦脸颊,"我们都很清楚这一点。但是,你不用为此负责。你为自己负责,为祖国负责。你在孤儿院长大,那儿供你吃穿,给你所需的一切。祖国信任你,明白吗?不比信任其他人少,甚至比别人更多……"他稍作停顿。"也许正是因为你的父母背叛了祖国,这份信任反而更深。你明白这一点吗?"

伊万默不作声。他十岁时,父亲当着他的面开枪打死了自己的妻子,也就是伊万的母亲,然后饮弹自尽。男孩独自在公寓厨房的储藏柜里躲了几个小时,直到被父亲的前同事们救了出来。一周后,这个孩子就被安排进了孤儿院,但直到半年后,他才开口说话。

他对父母知之甚少,这不是因为不爱他们,而是因为父亲一直出差,母亲则忙于公务。身材瘦小而灵活的保姆乌莉娅完全替代了家人。

她送他上学，每周日带他去在滚轮轴承厂工作的姐姐家做客。而当乌莉娅与姐姐，以及永远半睡不醒的姐夫一边喝着伏特加，一边往里面勾兑节庆茶炊泡的茶时，男孩坐在无窗小房间里的一张板凳上，沉默地观察着男主人的女儿，他那面色苍白的同龄人。她要么在角落里自顾自地摆弄破布玩偶，要么伴着无声的音乐那单调的节奏，跳着某种凝滞、缓慢的舞蹈。她的面容甜美可爱，纤细的脚踝包裹在毛线童袜里，随着跳跃落地而微微抖动。他闷闷不乐地观察着女孩，而她一点也不打算接近这位"茨冈①小客人"。

然而有一天，醉醺醺的乌莉娅对他说："等喀秋莎长大了，就给你当媳妇。"他以平常的语

---
① 即吉卜赛人。

气,但一字一顿地回答:"永远不要,除非我死,永不。"

他不想生活在无窗的房间,不想与穿着松垮袜子的女孩为伴,过着破布玩偶一样的生活,伴随着听不见的音乐。不,永远都不。不开玩笑,这不是他的音乐。也许,他的音乐是父亲的生命之乐?但父亲射穿了母亲的太阳穴,然后用枪顶着自己的太阳穴自杀了,留下儿子孤身一人,面对这难以理解的生活。他背叛了儿子,将他交给陌生人——他们所有人的总和被称作祖国。祖国形同陌生人,因为它可怖、难以理解而又神圣,就像所有的陌生事物,就像他对自己而言也是一个全然陌生的人。孤儿院。食物、衣服以及其他——这是祖国。起床铃——这是祖国。学习进步——这是祖国。命令是祖国。处决不服从命令者是祖国。这位红发蓝眼的上校是祖国。最为亲切的祖国。

"祖国信任你,"上校又开口说道,但声音里已经没有了先前的威严,"我也从不怀疑你。你要记住,立刻并且永远地记住这一点:你值得信任。那些没有你这般经历的人固然可靠,但你值得双倍的信任。因为你没有过去,也不需要过去。你甚至没有现在。你整个人就是未来。你就是零号列车本身。记住这一点。我再也不会重复这些话。"

上校突然猛地转过身,迈步走向宴席餐桌。伊万用掌心轻揉双眼。

"万尼奇卡!"费拉用温柔的声音呼唤,"万尼奇卡,大傻瓜,土豆快凉透了!"

他们站着为零号列车首次通车祝酒,为了

祖国的高度信任，为了没有过去的未来生活，为了领袖，为了胜利，为了一切的一切。他们所有人从未感到过如此幸福。

而奥古斯塔那充满象征寓意的男孩，结果是个死婴。

生活就这么开始了。值班。工作。工作日，休息日，赖床日，节日。一切都与普通人一样。秋天，冬天，春天，又到了夏天，费拉在夏初也产下了一个死婴。也许，就是从那时候起，米沙·朗道渐趋疯狂？或者他并没有发疯？取决于你怎么看。

"这是块死亡之地。"有一天，米沙说道。

伊万犹豫地笑了笑：为什么这么说？

"死亡之地！"米沙固执地重复了一遍，扶了扶泛红鼻梁上滑落的眼镜。

阿尔达布耶夫快速地环视四周：四下无人。

"奥古斯塔的儿子死了，"米沙继续说，"费拉的孩子也是同样的命运。苦闷。令人压抑……"

"孩子总会再有的，"伊万犹豫地低声说，"没了一个，还能生其他的。不是所有孩子都会死掉，总会有活下来的。人又不是树木，人到哪儿都能适应。"

"我们懂什么？"米沙仿佛没听见伊万的话，"我们对这些知道什么？什么也不知道……"

"这些——指什么？"伊万没能立刻明白。

"啊，就是这些地方……这趟列车……一天一趟，唯一一趟。而一切都为了它——铁轨、枕木、像我们这样的车站、大小仓库、修理车间、桥梁、伐木场、枕木防腐厂、水、煤，最后还有像你我这样的人。这一切都是为了这一趟列车。一百节车厢，四节机车。不能有任何延误和故障，准时准点。对吧？"米沙又扶了扶汗津津的鼻梁上的眼镜，"它要去哪儿？没有人知道。它运的货物是什么？没有人知道。你知道它运的什么货吗？"

"不知道，"伊万回答，"我们为什么要知道？就让该知道的人知道吧。也许是煤炭，也许是木材，也许是某类机器，是祖国需要的一切。祖国需要什么不是我们该过问的。我们的职责是接受命令并且执行。不能有丁点差错。让列车跑在铁轨上。我说得对吗？秘密就是秘密，不关我们的事。"

"这秘密，有点反人性啊……"米沙轻声说道。

"什么秘密是有人性的？"伊万惊讶地说，"一切秘密都和人性相斥。"

"也许，也许，"米沙点点头，"也许是我在瞎想，也许我只是心里不舒服……我有母亲、父亲、妻子……可能是因为这样我才难过，万尼亚……而你暂时没有这些牵挂……"

"只有祖国，"伊万咧嘴一笑，"我的一切都在这里。如果零号列车是一切，一切为了零号列车，那么我的一切就是零号列车。进站—出站。准时准点。"

"你没明白我的意思，万尼亚，"米沙叹了口气，"也许这真是一种非常奇怪的感受……如果它运的是某种……"他用纤长的手指做出拧螺丝的动作。"嗨，就是这种，你明白吗？"

"我不明白。运就运吧，无论它运的是什么

货,对你我来说都不会有什么改变。"

"对你我来说——没错。但对其他人呢?"

"这都是瞎想,米什。这都是你自己胡思乱想。无论列车运什么货,去往何处,你我的工作都不会变化,都是同样的意义。而至于你……"伊万有些犹豫,"你应该少喝点,米什。天啊,你都喝成什么样了,酒鬼!"

烟早就燃尽了，但堂多米诺依然吧嗒吧嗒地抽着，机械地不时吐口唾沫，或挤挤眼，就像被烟灰迷了眼睛。从这里，他可以清楚地看见泛滥的河水，岸边瑟缩的柳丛，桥墩附近某个白晃晃的东西。春天，这就是所谓的春天。糟糕的季节。所有东西都涌现出来，好的，坏的。一切都在生长，从地底下钻出来，你一时间都弄不明白，那欣喜万分迎接太阳的是什么东西。

天黑得很快，下起了真正的大雨。老人站

起身继续沿坡路走。屋里一片漆黑。古霞去哪儿了？难道真的死了吗？她似乎从不埋怨。至于瓦夏——那家伙真是一个抱怨鬼，你都不明白他在抱怨什么。他总用自己奇怪的语言一个劲地嘟囔，在过去三十年里尝试与人和动物交流，甚至从自己阴冷的小房间爬上站台，同零号列车交流。他嘟囔着，嘟囔着，然后死了。一天早晨，古霞给他送粥时，他脸朝墙躺着。她推了推他，试着摇醒他，但他已经没了呼吸。他嘴里塞满咀嚼过的纸。临死前他开始撕毁秘密笔记本。他烧掉了其中几页，但后来似乎是因为火柴用光了，他开始一页一页地嚼，结果就这么死了。还没嚼烂的纸从嘴边露出来，他嘴里满是纸浆。也许他是噎死的，谁知道呢？

"该埋了他，"古霞说，"太受罪了。"

"确实,"伊万点点头,"现在就埋。"

他拿出锯子和刨子,心里甚至有些高兴——终于能干些起码有意义的事,而且是从未干过的事了。喂牛、喂猪、喂鸡,日复一日,年复一年,千篇一律。而做棺材还是头一回,真新鲜。他打好一副棺材,将它摆在旧设备间的桌子上。这里靠墙摆着成排的柜子,里面放着久未使用的仪器、熄灭的灯泡,还有电报机。以前,费拉使用电报机得心应手,还用它与别人聊天。与米沙聊天,愿他安息;与莲卡·阿姆巴尔楚米扬聊天,她如今不知身在何处,但姑且道一声愿她安息;与乌多耶夫聊天,此人总是冒汗,一边擦着他的光秃脑袋,一边一个劲儿地与站长妻子说话——聊起轨道定型夹板、防滑垫片,还有德国 K 型固定架:"请您放心。

至于枕木防腐（枕木防腐工人也归乌多耶夫管理），除了杂酚油与氯化锌外，这一地段还使用了克雷牌的轴套，请您放心……"还和谁聊天？还有他本人，老傻瓜一个，不过那时他还是年轻的傻瓜万尼亚·阿尔达布耶夫。费拉，你的裙子用了什么料子啊？这是丝绸，万尼亚。我给你带一块。啊哈，你个冒失鬼！她一边笑，一边用手指敲打键盘。她还与瓦夏聊过，愿他安息。就这样吧，愿他们安息。

伊万从储藏室拿出一瓶自酿酒。古霞准备好下酒菜，二人用雪橇拉着棺材过桥，在黄泥地里掘出一个大坑，之后对着逝者喝酒悼念。就这么默默地，没有一滴眼泪。

"会有人来安葬我们吗？"古霞突然打破了沉默。

"要是你走在前面,我会安葬你。"伊万承诺道。

"如果是你先走,那我未必能拖得动。"

"你就地埋了也行。"

他在这里度过了一生,不知晓别样的生活,也从未有过别样的生活。别样的生活真的存在吗?如果读过报纸,他会知道确实存在。但他从不看报,也不听收音机。干吗要听呢?他生在这里,也会葬在这里,这就是他的世界。连同所有的怪胎与天使,这是他全部的世界。

"我要走了。"古霞无缘无故地冒出这么一句话。

"但天已经晚了,你要去哪里?"

"离开,"她没流一滴眼泪地重复道,"这里太冷,让人害怕。没有人影,空得吓人。"

他沉默地耸耸肩。老傻瓜,她能去哪儿?离了这儿她无依无靠。她三次生育,三个孩子都死了。她余生一直照顾着伊万和伊万的女儿。他会安葬她的,除他以外别无他人,何必胡思乱想。女人的絮叨罢了,随她去吧。痛苦将人磨成渣滓。

走到门廊时,他才想起把椅子落下了,椅子在山坡淋着雨,浸在泥里。难不成要回去吗?见鬼去吧。这把椅子让他受够了。当初他为什么要拿上它?并不是为了纪念费拉。他对费拉根本用不着椅子或什么实物来纪念。他马马虎虎地刮掉鞋底的泥巴,在寒冷的走廊里脱下靴子,趿拉上一双毡拖鞋。古霞到底哪儿去了?他大声呼喊:

"古霞!古霞!"

她依旧没有回应。

阿尔达布耶夫在瓦夏生前住过的储藏室里找到了她。老妇人坐在窗边，听见门的嘎吱声，依旧一动不动。

"你在等吗？"她含糊不清地说。

"什么？"他没明白，"等什么？"

"你在等火车吗？"

"是啊，这是我的工作。"

"你撒谎，伊万，"古霞长叹一口气，"你等的不是火车，你不知道自己在等什么。难不成你害怕生活？还是在等另一种生活？但它不会来的。"

阿尔达布耶夫不屑地哼了一声："嚄，别瞎说了。瓦夏卡一开始也是这样，结果怎么样？你知道的。"

"等待上帝，或者等待魔鬼。但不是火车，

伊万，"古霞继续说，"而你既不信上帝，也不信魔鬼，你只相信火车。零号列车。你根本不在乎它从哪儿来，到哪儿去，是否有人需要它，它存在还是早已毁灭。对你来说，只要列车还运行，天就不会塌下来。零号列车……"她打了一个寒战。"不存在。为什么编号是零？根本不存在那样的列车。"

"吃晚饭吗？"伊万问，但古霞没吭声。

"随你的便吧。"他砰的一声关上门，走了。

这老太太疯了。准是疯了。她不是在过日子，而是在嚼日子。她像是睡着了，在打盹。无论去哪里，无论干什么，她嘴里总要嚼点什么，哪怕是块硬皮面包，也要给嘴巴找点事做。她半睁着眼睛，眼神里没有一丝愁怨，也没有半点喜色。自从第二个儿子夭折后，她就成了这副模样。那婴儿只活了几周,而恰恰是这短短几周的生命毒害了她。希望是一种毒药。她曾抱有希望,但婴儿偏偏还是死了。人们觉得她会自杀——她是如此悲痛欲绝,甚至想过跳桥自尽。但后来,她就像是麻木了,仿佛陷入昏睡,沉入冬眠:咀嚼、缝衣、走路、熬粥、炖菜,都如同梦游一般。

当阿廖娜去世后,她就这么半梦半醒地照顾起阿廖娜和伊万的女儿。瓦夏变得害怕见人,有时谁都认不得,还会赶走古霞。于是有天晚上,古霞留宿在伊万家,然后就这么住了下来。半梦半醒。不知是一个女人,还是一个幻影。其实她算不上这个家的女人,这里的女人自始至终只有费拉一个,女沙皇般的存在。就像有一次乌多耶夫这么形容:"费拉·萨科芙娜不单单是女人,她是女性气质的集中体现。要我说,她是全世界女性的化身。"这个傻瓜,倒是说了句聪明话。

他的晚饭是一颗冷掉的煮土豆,一片硬得像胶合板的腌肥肉,以及一块硬皮面包。面包是古霞上周从八号站台买来的,她碰巧遇上了一辆流动售货车。他捻了一小撮红茶,撒入马口铁的杯子里,从一个铝制大茶壶中倒出滚烫的沸水。壶身已经被大粒的河沙仔细冲刷干净,这是古霞的功劳。身为女人,她来这儿的工作只是刷盘子、做饭、喂牲口、洗衣服和照看孩子……那费拉呢?

他微微张开下颌。

事实上,费拉也刷勺子和盘子,做饭,照料牲口(这路段上没有牲口可活不下去),洗衣服，照看儿子伊戈尔。和古霞干的活儿明明一模一样，感觉却不完全一样！唉，女人啊！

阿尔达布耶夫一脚踢开挡路的板凳，从储藏室拿出一瓶开过封的酒，给自己倒上满满一杯。他闻了闻面包的硬皮，把酒一口气喝光，再向嘴里撒一撮盐，用舌头顶住上颚，咽下咸苦的唾液，呼吸开始变得急促。胸口涌起一股暖意。

他是在枢纽站初次遇见的费拉。当时他们正要坐上那辆将他们载往未来生活之地的卡车。费拉个头不高，乌黑的头发绾成紧实的圆髻。肤色略微偏深。每次说话时，下嘴唇都会微微翘起，嗓音低沉。丰盈的臀部包裹在丝绸之下。当陷入沉思时，她会不自觉地将一丝鬈发缠在指尖，衔在嘴里，直到丈夫轻碰她的肩膀，她才回过神来,浅浅一笑。天啊,世界上还有这样的女人——那时令伊万颇感惊艳。像她这样的女人,时不时会微笑。微微噘起的下嘴唇。丝绸的衣服。他突然情不自禁想闻闻她身上的气味,从头到脚。天啊,他差点没忍住,却多么想知道她的气味。不是指香水味。她甚至可能闻起来会有汽油味。不,是指她本人的气味。她本人。不是香水,也不是口红。他感到一阵眩晕,在卡车经过颠簸路面时抓紧了车厢边缘。费拉在行李上颠了一下,肩膀靠在了丈夫身上。所有人都笑了。她的气味?哦,上帝啊。不会是卷心菜,也不会是洋葱。不会的。不——那些气味不属于她,不是为她准备的。她的气味与生俱来,不从属于任何气味,她就是香气本身。哎。他摇了摇头。

"你怎么了,万尼亚?"她微笑着,朝向他,"你是叫万尼亚吧?"

"我叫伊万,"他咳嗽了一声,"伊万·阿尔达布耶夫。"

"我猜你是个胆大的家伙吧?"她向他眨眨眼,"这是什么书?大仲马!天哪,他居然在读大仲马!"

上帝啊,她这话是什么意思?或者说,她并非话里有话?她身上是什么气味?她刚才离他那么近,气息扑面而来,温暖而浓郁。还是说,这种气味尚未命名?

他迄今为止认识的女人都散发着卷心菜的气味。煮熟的卷心菜。全都一样,无论从事什么工作,打扮成什么样。孤儿院的女教师将他领出禁闭室训导时,身上散发着一股卷心菜味,尽管她喷了许多"红色莫斯科"牌香水。她命令他脱衣服。他照做了——遵从规定。她在房间里来回踱步,一句接一句地数落他。(你要是打架,你就会成为一个怪物,你已经是个怪物,怪物中的怪物,瞅瞅你自己,丑陋的怪物,看着我的眼睛,放下双手,贴紧裤缝!——上帝啊,赤身裸体的人哪来的裤缝?)他全身泛起鸡皮疙瘩,抖个不停,可即便手指冻僵了,也紧贴着想象中的裤缝,至于因为一次打架这样惩罚他吗?突然,她贴近他,用手握住他的下身,嘲笑说:"就像是公鸡的喙。"她散发着"红色莫斯科"牌香水的卷心菜味。

在孤儿院,他们经常吃卷心菜。铁路学校的女工是"卡门"卷心菜味。女保管员是"黑桃皇后"卷心菜味。橡胶般倔强的年轻女孩乳臭未干，但气味也比卷心菜要好。半疯癫的工程师从前线的地狱里挣脱出来，村里的姑娘们热烈地欢迎他，身上散发着一股烤土豆的焦味。只要不是卷心菜味。

秋天，孤儿院的孩子在田地里快冻僵了，还在挖着卷心菜。这些卷心菜在临近冬天时散发出甜味，甜得发腻，令人头晕脑涨。身为孤儿院的孩子、寄宿学校的学生与铁路部队士兵的伊万·阿尔达布耶夫痛恨卷心菜，痛恨卷心菜与自己的出身。他那被视为敌人的父母如今已经消失了。只剩下卷心菜，祖国正是在卷心菜堆里找到了他。祖国也散发着煮熟的卷心菜味和没有搓洗干净却又饥渴的身体的味道。祖国。

然而她——费拉，没有卷心菜味，没有祖国的味道。她从不觊觎别人的肉体，对自己的丈夫感到满意。那个戴眼镜的米什卡，善良的聪明人，脑袋里总被一些致命念头折磨着。她有米什卡就心满意足了，而阿尔达布耶夫的生命中唯一的缺憾就是费拉。埃斯菲莉。

他几乎拥有一切。他有祖国。祖国信任他，甚至超过出身清白的人。他有第九车站，人们都称呼它九号站台。他有煮卷心菜，身边有散发着煮卷心菜味混合廉价香水味的女人。还有零号列车，这里所有的一切都是它的影子，所有这些简历空白的人们，所有的车站与岔路，轨道与防滑垫片、轴套，持枪的士兵，带刺的铁丝网，食人恶犬，桥梁，蒸汽机车，仓库，"站住！否则开枪！"的警示牌，铁路沿途可能遇袭的风险提示，臂扳信号机，岔道指示灯，燃煤，浸泡过杂酚油与氯化锌的枕木。也许还有其他的一切：大大小小的河流，河里的鱼与淤泥，森林与荒漠，城市与村庄，进攻的士兵与在郊外燃烧的坦克，大自然的奥秘，莫斯科，克里姆林宫，领袖们，敌人及其后代——换句话说，所有这一切都为了零号列车，它们是零号列车的影子，零号列车就是目的、意义与巅峰。而这一切都属于他——阿尔达布耶夫（顺带一提，他也同样属于这一切），勇敢的堂多米诺，正如费拉的形容，他可靠、忠诚、强大，无畏地保障火车驰骋在前线，穿梭在航空炸弹与火炮的轰鸣之间。这一切的一切都属于他，除了费拉。

除了她。天啊。

有一次伊万以邻居的姿态径直走进他们的房间（那时候他们与所有的车站职工都住在

二楼的集体宿舍,直到后来才搬进了比邻的砖房),他看见她站在一个极小极浅的水盆中,一只手提着水罐,另一只手高高绾起长发,窗外的阳光将她照得晶莹剔透,他清晰地瞧见她鸟儿般大小、正在跳动的心脏,雾蒙蒙一片的肝脏,银色铃铛形状的膀胱,仿似漂浮在粉色果冻状身体之中纤细的蓝色骨头。"万尼亚?!"这时他才反应过来该赶紧走。于是他跑开了。

想当初,第九车站机组开始换班。上校引以为豪的修理车间投入使用:纵列式装配车间,七十二辆承重从两吨到两百五十吨的桥式起重机,四十五台安装在机床上的旋臂起重机,修理每台机车平均需要零点八立方米空气、二百立方米天然气与一千五百千瓦电力,用于焊接作业。这样的工厂只存在于这条铁路上,其他地方都没有。所有设备都是最先进、最结实耐用的,优中选优,只为确保列车准时准点,分毫不差。

换班的工人聚在车站侧面一间窄窄的长屋里，他们管这里叫游廊。大伙坐在几张被胳膊肘磨得光亮的桌子前玩多米诺牌，"打山羊"。他们玩得头晕眼花，有的组队作战，也有的单打独斗。他们抽烟，大喊大叫，直到深夜才散去。有的回工棚里睡觉，有的在三四个招待过路客的女人——不必多说，都是些妓女——门前排起队来。他们疲惫不堪，三天没刮胡子了，有力的下颔能嚼碎一切。他们就用这股野蛮无情的力气，搂住站台边的那些女人——她们散发着煤气味，乳头如铸铁般坚硬，肚脐似铆钉，私处仿佛置入了钢套。

第五至第八站台最有名的妓女是古贾、斯托雅哈尔卡与莫吉拉，而整条铁路线上最出名的当属"带霜玫瑰"萝扎·S.莫萝扎：这个鞑靼美人不仅迷倒了锅炉工与机械师,就连卫队长官也拜倒在她的裙下,甚至红发蓝眼的上校也会偶尔在检查线路时,为她在五号站台稍作停留。伊万·阿尔达布耶夫就投身于这样的生活,先是做锅炉工,然后成了机械师。而那些服役的女孩——她们这么称呼自己,事实上,她们也的确带衔。(普通的妓女都有秘密授予的军衔——从上等兵到中士,而萝扎·S.莫萝扎甚至是少尉。这是元帅亲自下的命令,他本人在品尝过萝扎的魅力之后,甚至甘愿留在铁路边,哪怕只当一名普通的锅炉工。后来他被人从萝扎的床榻上直接绑了起来,被送上了回莫斯科的专列,回到了更重要的国家职责的专列上。)她们立马从一队阴郁的、面如铅灰的沉默男人中挑出了这个新来的:高大矫健,鹰钩鼻,面孔白净，眼神疯狂。他不知疲倦地将煤块铲进炉膛，将骨牌摔得震天响，大口大口地吃下罐装肉，用铁皮茶缸一口气灌下半升冰冷的伏特加。他扑向女人时也带着同样的蛮力，同样不知疲倦与毫不留情。很快，女人们开始焦急地等待他的出现——她们已经厌倦了那种像是醋与干面包一样廉价的寻欢，厌倦了背部与大腿单调无味的重复动作。他的身上有一股强奸犯般的蛮横无情，对他来说，每个女人都是新的。事后，服役的女孩在很长一段时间里都不再接客。她们躺在自己阴暗破旧的小屋里，回味着胯骨间持续数周的甜蜜冲击与内脏的颤动。斯托雅哈尔卡在他出现前的三天就不再空腹喝伏特加，从早到晚咀嚼甘菊与薄荷，每天洗澡，将钢套洗得锃亮，恐惧又期待地幻想那一刻的到来——他的铁具因为骇人而贪婪的冲击热得发白,让她事后不得不用生鸡蛋与小苏打疗伤。莫吉拉骄傲地展示自己宽大的床板,这张由四厘米厚的木板钉成的床板也被压塌了:"见鬼!连我也满足不了他!"

最终,阿尔达布耶夫找上了少尉萝扎·S.莫萝扎,秘密特工,她负责监督铁路妓女,还会向上校汇报锅炉工与机械师暗地里的想法。关于的他种种传闻让萝扎心烦意乱,她早就在等他。在他现身前一周,她就仰面躺下,嗑起松子,把松子壳吐在地板上。他要是想靠近她的床,就不得不一边扒开这堆空壳,一边追寻那不停从腹腔传来、令男人发狂的笑声。第二天早晨,萝扎看着他的眼睛说:"你创造了这个奇迹,不是出于对我的恨,而是出于对一个女人的爱。而我甚至不知道她是谁。但你无论如何都摆脱不了她,伊万。"

他将煤炭铲进火车头的炉膛,不知疲倦地用骨牌敲打被磨得发光的桌子,大口吞下罐头里的冷肉,灌下冰冷的伏特加——他一直在寻找着那个唯一的女人。他在其他女人身上寻找她,在她们沼泽般蒸腾的体味中,在她们唇齿间的黑色深渊里,在她们铜铸般乳房的沟壑间,在她们迷宫似的黏滑阴道里,也在她们瞳孔里如镜面一般的天空中——可那瞳孔里只倒映着他自己,他那急切不安、炽热而哀伤的眼神。他走过贫瘠的土地与肥沃的平原,大地是干瘪的金发女郎的肉体,平原是性冷淡的双人床;他攀上山崖峭壁,涉过疟疾肆虐的沼泽,峭壁是发狂的黑发女人,沼泽是吸干人的亚洲式激情——但上帝啊,在哪儿?他想,她在哪儿?在哪儿?

清晨,他让赤身裸体的女人迎着阳光站在窗前,但那肉体如一片乌云,并不透明。褪色的丝绸在他的记忆中沙沙作响,黑色鬈发仿佛淬火的乌钢般轰鸣,令他昏了头脑。

萝扎曾预言过他的命运:"一开始,你的枯竭将深入骨骼,然后直抵心脏,最后触及她。她不是你的初恋,也不是你唯一的恋人;她将是你最后的爱。"她摊开占卜的卡牌,这些从特密图书馆派发给她的卡牌背面盖上了铁路的椭圆印章,以确保占卜的道德纯洁性与准确性。萝扎补充说:"你最好杀了她。"

他追随零号列车从九号站台来到了五号站台,又从五号站台回到九号站台,如果有需要,他还可以去更远的地方。但没人告诉过他——也没人能告诉他——零号列车运送的是什么货物。有时，当蒸汽机车在深夜添煤、加水时，他就徘徊在车厢附近，仔细聆听，尝试从密封上锁的车厢深处捕捉哪怕一丁点的响动。但什么声音也没有。从未有过。车厢里载满了沉默、寂静与黑暗。神秘。即使他鼓起勇气提问，也没有人能回答。无论是机械师、锅炉工、警卫，还是车站职工。看来他们知道的并不比他更多。他们知道的一样多，也就是说，什么也不知道。于是他停止发问。他并不是真的想提出问题，而是问题在向他们发问。显然，米沙已经扰乱了他。

在追寻那个身穿丝绸长裙、留着乌钢似鬈发的幽灵之余，每个月总有一两次，他会从第九车站二层楼的狭窄铁床上恍惚地醒来。他会洗把脸,找瓦夏与古霞吃晚饭,再喝上一杯。在烟雾缭绕的酒馆里,男人们回忆起不久前的战争,争论蒸汽机的优点,唱着悠长的歌,搂着女人。临近夜晚,人们会打开留声机。这时候,米沙与费拉出现了。人们期待着他们的出现,尽管他们并不常来。在留声机的伴奏下,他们跳起了华尔兹方步舞。笨拙的男人面色苍白,鼻尖渗满了汗珠,眼镜时不时从鼻梁滑落;个子不高的女人摆动匀称的腰身,身穿褪了色的丝绸裙。他们紧贴着对方,在如同水族箱般烟雾弥漫的酒馆中缓缓摇摆。男人们沉默地抽着烟,麻木地攥紧拳头;女人们则悄悄用小拇指拨弄睫毛,好像上面有什么东西。女人们知道,今晚男人们会比平时更殷勤,也许还会更加温柔，而到天亮时，他们中有的会突然像孩子似的号啕大哭，有的则会放声大笑——但千万别在事后跟他们提起这个。

音乐渐渐停下，人们回过神，立马又点了几瓶伏特加，一边喝，一边用牙齿嚼碎大量难吃的廉价食品。米沙面露笑容，与大伙打招呼，也把掺着啤酒的伏特加灌进肚里。费拉试图与伊万攀谈："他们叫你堂多米诺，这是真的吗？西班牙人万尼亚！你还真有一副西班牙绅士老爷的派头……你的卡门，还有杜尔西尼娅[①]在哪儿呢？来我们家做客吧，万尼亚！"

米沙喝着闷酒，想着自己的心事。伊万猜到了什么。那就像是中了某些念头的毒。甚至

---

① 西班牙小说《堂吉诃德》中主角臆想的理想女性与完美爱人的化身。

当他们的孩子小伊戈尔诞生时,米沙的心思还在那件事上。伊万一瞧见米沙的眼睛,看见他漂亮的双眼中那无尽的忧伤正走向永无止境的灭亡,就猜到了一切。奥古斯塔责备米沙:"你个酒鬼算哪门子犹太人!"费拉对此保持沉默,恐惧不曾离开她半步。

儿子出生后,费拉和米沙很快搬进了为站长修建的独立住宅,举行了乔迁仪式。费拉请伊万来看看小男孩。阿尔达布耶夫笨拙地跪在低矮的婴儿床前,盯着婴儿的脸庞看了许久,随后低声自言自语:

"离开你,我该怎么活,费拉?现在还能撑得住,可再往后——再往后该怎么办?"

费拉站在一旁,身上流露出一股孩童般温暖而亲昵的气息。

"我一直在等这一刻,万尼亚,"她温柔地回应,"只有傻瓜才注意不到你的眼神……但我已经有了唯一的男人,他就在这儿,万尼亚。就当是为了我,让它成为秘密。我指望不了任何人,无论是米沙,还是你。我唯一能指望的只有孩子。请你原谅我,万尼亚。"

在阿尔达布耶夫的人生中,那一夜没有改变任何事物。蒸汽机车。零号列车。轰隆作响的车轮,金属的呻吟。煤炭。水。炉膛。多米诺。罐头。伏特加。女人。铁路。准时准点。

他在第五车站的酒馆里遇见了阿廖娜，那家酒馆与铁路沿线任何一家酒馆都一模一样：四方形的小厅，中央立着两根木柱，酒桶与酒箱之间，一个女侍应站在吧台后发呆，头戴白色的压发帽，嘴唇涂得很艳，就仿佛衔着两瓣毛茸茸的大丽花。

阿廖娜好奇地盯着他，眼神中闪烁着一种古怪的紧张，像是在试着辨认什么，使得阿尔达布耶夫很难不注意她。她面前的桌旁还坐着两名刚结束轮班的锅炉工，两人正扯着嗓子争论，谁先得到这个女人：一人嚷嚷着自己请她吃了炖牛肉，所以他有这个权利；另一人说自己请她喝了一杯伏特加，尽管事实上她只是应承下来道了声谢，嘴唇连沾都没沾一下。

"她是我的，"伊万突然说，对自己说出这话也感到吃惊，"我的。要赌一赌吗？"

锅炉工直勾勾地盯着他铜铸般的双拳——就像是两座小山，稳稳地伏在桌面上。

"没异议？那我们走吧。"

他牵起她的手，将她拉入黑暗中。他不知道该带她去哪儿，但她一瘸一拐、顺从地跟在身后的样子也并没让他感到惊讶。

"脚怎么了？扭伤了？"他头也不回地问。

"不是，"她小声回答，"我是残疾人。"

她站住，看向他，像是在等一个回应。他

猛地拉了一下她的手。

"走吧。你应该至少有张床吧。在这儿工作？"

"我叫阿廖娜，"她说，"我没有工作，也没有床。"

她终究没能解释清楚自己是怎么流落到铁路沿线的。她是被人带来的——那人许诺她工作、面包与住所。她从一列车换乘另一列，换来换去才流落到这儿。警卫没有驱赶她。她睡在地板上。哪儿的地板？修理车间门卫室的地板。那里的门卫是个善良的老头。

"你该不会彻底残废了吧？"伊万突然问道。

"我一条腿短一截，另一条正常。"

"跟我走，"他带着命令的口吻说，"去第九车站。"

她顺从地跟在他身后，一瘸一拐地走向车

站。伊万沉默不语。还有什么可说的呢？这个女人，那个女人。这个或者那个。女人终究是女人。这个或者那个。有什么区别？没有任何区别。这个至少长得漂亮。至于腿——没什么。一条短些，另一条正常。阿廖娜，流浪者。

"你是流浪者？"

"我四处晃荡。"

"为什么？找人吗？"

"找妈妈，找爸爸，找姐姐。"

"他们人呢？"

"不知道。"

"他们是敌人吗？还是失踪了？"

"恐怕是失踪了。他们算什么敌人，是因为饥荒离开了。不是敌人。和所有人一样。"

"所有人都是敌人，"伊万突然厉声道，"就这么消失了,谁也找不着。"

她沉默了。

第二天清晨,酒馆的女侍应抿起大丽花般的嘴唇,轻蔑地发泄了一通:"看看你给自己找了个什么伴!真会捡!她可是流浪者。天生的流浪者——一眼就能看出来。杂种狗。从第一车站被赶到这里。然后你就接受了,堂,好样的。我还以为你是个有主意的男人,没想到……什么样的女人贴上来,你都……"

伊万张开蒸汽机车般的大嘴,打了一个哈欠:"够了,卡佳,你的笑脸呢?"

她鄙夷而不解地挑了挑稀疏的眉毛。他猛的一把抓住她的脖子,把她拽向自己,大拇指从她侧耳的一边划向另一边,把大丽花般的口红抹开才松手。

"你看,"他满意地说,毫不在意现场男人们的大笑与女侍应的尖叫,"这才是你该有的笑容。"

他将伏特加灌进喉咙,手都没抖一下。

一路上，阿廖娜都待在煤水车厢里，蜷缩在堆满煤炭的麻袋之间。

"你真的是流浪者？"当前方第九车站的灯亮起时，伊万最后一次问道："还是别人瞎说的？"

"他们说的是真的，"阿廖娜回答，"我在一个地方待一阵子，然后就离开。"

阿尔达布耶夫摇摇头。

"即使我不愿意你离开？"

"即使你不愿意。"她露出孩子般的笑容，点了点头。

一周后,她真的离开了,但等他出勤回来,她又拖着脚步走回了第九车站。

"你去哪儿了?"伊万咬着牙说,"和谁一起?"

"自己一个人,那边。"

"为什么回来?"

"因为你。我想你。"

他惊讶地盯着她。

"没有人像你这样爱我,"她说,"我知道,你是世界上最好的人。"

他惊掉了下巴。

"你爱我,"她不动声色地说,"你骗不了我。"

"我谁都不爱,"伊万嘟囔着,"别胡说,爱……"

"你自己也说不清,但我——我知道。"

日复一日,阿廖娜整天坐在大桥旁的山丘上。每当零号列车经过,她一定会起身迎接。她坐在长凳上困倦地眨眼睛,但一听见越来越近的列车声,就一跃而起,一瘸一拐地跑向月台最边缘。连车上的司机都被她吓得不轻,专门为她多拉了几声汽笛——当心!火车带着尘土与轰鸣,伴着暗黑金属的颤抖与呻吟飞驰而来,仿佛要把阿廖娜吸过去。而她浑身颤抖,几乎走到了月台边缘,眼看就要迈出下一步,眼看就要被飞驰的列车掀翻、碾过。她向前探出身子,仿佛在倾听,在吸收着列车发出的非人类的响动。

"里面是人,"她终于开口了,"是人。"

米沙·朗道摘下制帽,急忙擦了一下额头。

列车拐过了弯道,消失在视野中。

"什么人?"伊万嘟囔道,"你从哪里知道的?"

她露出一个勉强的微笑。

"我不知道,但我能感觉到里面是人。"

"什么人,阿廖努什卡?"米沙俯身,仿佛密谋一般在她耳边悄声说,"是囚犯?还是别的什么人?"

伊万生气了。

"就算是人又怎样?他们要被送去哪里?他们是谁?我们什么都不知道。别胡说,别多嘴。是人就是人吧。既然运的是人,那必然有它的道理。"

米沙面色惨白地看向伊万。

"谁的道理,万尼亚?"

"我怎么知道。道理就是道理，就是这么回事。也许运的是当兵的，或者要去工地的工人，或者别的什么人……你这样看着我干什么，米沙?!"阿尔达布耶夫忍无可忍，"你想想，一个傻姑娘说里面是人！又能怎么样呢？如果她说里面是牲口，那又怎么样？真搞不懂！"

"知道吗，万尼亚，整件事中最奇怪的一点是什么？"米沙试图挤出一丝微笑，"那就是我也搞不懂，一丁点都不懂。我就是感到可怕，就是这样。为什么？天知道为什么，我不知道。这样下去我会疯的！"

而米沙最后真的疯了。看起来，费拉也曾担心这一点。难怪上校来第九车站例行检查时，总是若有所思地看向米沙。

"你怎么看，阿尔达布耶夫，朗道会垮掉

吗？"红发上校有一天问道,"他有些病恹恹的。一副萎靡不振的样子。"

"这里的日子很艰难,"伊万含糊地回答,"他的孩子还小……"

"但他的妻子很漂亮,"上校接过话说,"对吗？"

伊万默不作声。他坚决不回答这样的问题。就算严刑拷问也不会回答。

每次来到九号站台,红发上校总会给费拉带来一捧鲜花,给她的孩子带一件玩具。如果他在车站过夜,那就会在傍晚出现在小酒馆,与费拉跳上一支舞,但与她保持着礼貌的距离。这一点深受酒馆常客的赞赏：虽然是位将军,但他懂得尊重……

红发上校坐在他们桌前,喝了一杯。他突

然解释，自己来自萨拉托夫。

"哦，我也是！"费拉高兴地说，"我们当时住在索科洛瓦亚山。您还记得那首歌吗？德意志街电车不停／标致女孩把握方向／车发动了可别再上／否则三卢布罚款／没得商量！"

红发上校解开制服上衣的领扣，费拉递给他一盘沙拉。

"谢谢，"他摇摇头说，"我不喜欢植物油，我也没办法。我妈妈以前在榨油厂工作，在家里熬肥皂。你们见过黑色的肥皂吗？原本是液体，加了松香后就变成固体。她从榨油厂的废料桶里收集回来熬肥皂。从那以后，我就受不了这种气味。尽管那是在战争期间，有时候别无选择。我的薪水是九百卢布，可市场一公斤肥肉要一千二百卢布。而口粮是每个月三公斤冻坏的土豆。"

他带着嘲讽的笑容看向伊万。

"你以为,那儿的人都过得像上帝?呵……妈妈把油喝进肚子里,然后带出工厂。你们能想象吗?她不吃早饭,也不吃午饭,就为了空出肚子好装满两三升油。她回家以后就……嗯,你们知道怎么把油从身体里取出来……饭桌上就不讲这个了……她靠卖油维持生活,把我养大……"

费拉怜悯地皱了皱眉。

"那马戏团呢,你还记得吗?在恰巴耶夫大街,大棚市场对面?"

上校点点头。

"白俄罗斯的摔跤手伊万·卡利舍维奇,体重一百一十四公斤!非洲摔跤手雅克·古特!

是的……第一个上前线的是我弟弟。我留在了岗位上,而他……很快就牺牲了。妈妈更爱他,胜过爱我。"

上校抽起烟,用手揉了揉自己的红发。

"她一直回忆我弟弟做过的蠢事。唉,母亲就是这样。养鸡的邻居准备杀鸡,弟弟大喊:为什么要杀鸡!为什么要杀鸡!他用自己的屎涂墙,而我把自己的屎藏起来,不想让任何人看见……上帝啊,我在说什么蠢话!"

米沙的目光在妻子与上校之间来来回回,痛苦与惊讶在他眼中交织:这个人为什么要说这些?为什么?总该有什么,那么,到底有什么意义?被杀死的鸡,油,屎。米沙很快就喝醉了。伊万和上校将他搀回家。费拉跟在他们的身后,轻声哼唱着:"德意志街电车不停/标致女孩把握方向……"

上校离开后,伊万问费拉:"这一切有什么意义?你为什么要给自己找不痛快?回忆,鸡,油……图啥呢?"

"万尼亚,我们拥有的全部财产就是血与记忆。"

"你们?"

"我是说犹太人。"

有时候伊万会想起这位红发上校。他是谁?住在哪里?他的妻子是谁?孩子呢?他都做些什么?当然,除了保卫铁路,除了偷窥和窃听,他还做些什么?要知道,这么年轻就当了上校,可不简单。母亲,油,肥皂,鸡,屎!数百名训练有素、全副武装的士兵随时听命于他,只要他一个眼神,可他竟讲起屎!长官，管理者。突然出现，又突然消失。去了哪里？管理者的巢穴在哪里？

伊万知道，上校会定期拜访铁路沿线的所有服役的女孩，从不拒绝她们的服务。他会送给每人一束花，有时候是玫瑰。他从不当着女人的面脱衣服，到了早上就消失得无影无踪，仿佛一个幽灵。据说，他生活在由三节车厢组成的专列上。三节车厢，一节是卧室，一节是办公室，还有一节叫"黄乌鸦"，窗户总是被彻底封死，车厢内侧还钉着三层厚毛毡。专列底部装了钢制容器，用来收集排泄物。"都是为了避免弄脏铁路。"上校的部下们讪笑着解释道。"实际上，是避免鲜血弄脏了铁路。"知情人悄悄地说。

这位幽灵般的管理者，讨厌植物油和黑色

肥皂，藏起自己的屎，给妓女送花，有时候会送玫瑰。关于他的传闻这大概就是这样。也许，理应是这样。也许今天他是铁路的管理者，明天一道命令下来，他就会变成五号站台的扳道工，每个月去萝扎·S.莫萝扎的房间里，趁她与新的上校、新的管理者、新的红发寻欢作乐时，清理地上的松子壳。

夏初，米沙失踪了。他像平时一样迎接零号列车，像平时一样发送列车抵达的电报，像平时一样在换班、加水前绕着车厢走。然后他失踪了。费拉在午夜喊醒伊万。他们找遍了车站，去酒馆（关门了），去维修车间（关门了），去锯木厂（关门了）。还能去哪儿？阿尔达布耶夫将费拉先送回家，自己又把车站搜了一遍，甚至还去仓库瞧了一眼。他敲响古贾的门，没有，站长今天没来光顾。平时会来吗？女人睡眼蒙眬地冷笑一声："关你什么事？你是他妻子吗？"明白了。他又来到桥头。睡眼惺忪的警卫从岗亭里探出头。没有，没看见过。桥下面呢？第一，那里有一道带刺的铁丝网；第二，还有两条食人的狗，不准任何人靠近，就算你拿着食物也不行。他们走过去，狗低声吠叫起来。

"就是来个将军，也能给他吃了，"警卫骄傲地说，"肩章和左轮手枪也不放过。"

他还能去哪儿？该去哪儿找他？只剩一个地方。唯一一个。但费拉自己也猜到了，伊万还没迈进她的家门，她立马说道：

"我知道他在哪儿。他离开这里，搭乘零号列车去了那里，那个地方。"

"哪儿？"伊万疲惫地问，"最起码告诉我那地方叫什么，见鬼。"

"终点。他想一路坐到终点,去看一看,去弄明白那里有什么,这一切是为了什么。抵达终点。他希望去那里弄清这些该死的车厢里有什么。于是他去了。"

"真是个傻瓜,老天爷!"阿尔达布耶夫抱怨道,"蠢蛋!要是那里什么都没有呢?只有一片荒地?或者沙漠?我不知道。空无一物——什么也没有。车厢里什么也没有,该怎么办?"

费拉摇摇头。

"这可能吗,万尼亚?里面总有什么东西。不然为什么需要这条铁路,为什么需要零号列车,为什么需要我们,为什么需要这一切?"

"我不知道。也许你说得对,也许里面的确有什么,谁知道呢?但也可能什么都没有,而铁路就在那里,就像零号列车在运行,我们活着,这一切都有某种意义,但到底是什么意义,我们不得而知。就像生活一样。难道没有这种可能吗?"

"万尼亚……"费拉有些不知所措,"你是在说上帝吗,万尼亚……"

"什么上帝?"伊万惊讶地问。

"因为,你刚才说起铁路,就像几千年前人们说起上帝。只不过你说的是铁路……"

伊万轻轻握住她的手,将她搂在怀中。

"费拉,放心吧,上帝也好,铁路也好,只要我们还在,只要我们还活着,其他的一切就随它们去吧,随它们……"

她低声抽泣。

"他已经等累了。他想知道,自己到底在等什么。他只是累了。"

上校也说了同样的话。"我想,他是累了,对吧?只是等累了。撑不住了。耐心耗尽了。"

"等什么?"阿尔达布耶夫问。

上校眯起眼睛。

"难道你没有在等待吗?难道你没问过自己:先是铁路,然后是零号列车,然后是这一切,再然后是什么?为了什么?这一切将会带来什么后果?它的终点又在哪里?"

"怎样?"

"你瞧,这就是唯一且最重要的问题:这一切的终点在哪里?有人毫不在乎,有人曾经发问,但还没等到答案就把手一挥:就让该决定的人决定吧,这一切是否必要,这一切的终点在哪里。如果没有终点就没有吧。要是什么都没有，反倒更好。无论终点在哪儿，我们都能接受，反正不是第一次了。死亡就是死亡，地狱就是地狱，天堂就是天堂。"

"那又怎样？"阿尔达布耶夫又问道。

上校耸耸肩。

"我不知道，堂。这不关我的事。命令是：保卫铁路。如果命令是摧毁铁路，我们就得摧毁它。我们会为此做好一切准备。把上千吨炸药铺设在指定的地方——桥墩下、路基上、隧道里、建筑物下——所有必要的地方。布好线，拧动扳手，一切就绪。将这一切都炸上天，就像从未存在过那样。当然，前提是真有这样的命令。这是最重要的。但眼下没有这样的命令。也就是说，铁路还得在这里，那我们也必须在这里，执行命令。"

阿尔达布耶夫怀疑地盯着上校。

"结果就是，在这里布满炸药？就是说，如果出了什么情况……"他停顿一下，深吸一口气，"那米沙怎么办？他在哪儿？"

"你说朗道？这事你怎么看？"上校用指头戳戳伊万的胸口，"如果你碰上这种情况，你会怎么办？"

"哪种情况？我不知道……"

"你撒谎，你知道。你会按规矩办事。如果你知道了，你会立刻报告：第九车站的站长疯了，违反了规定。句号。然后你会在下一站就将他从火车上揪下来，甚至可能更早。你会严厉地询问他违反规定的原因。或许还会一时冲动出手打他，你知道的……但很快你就会明白，这一切不过是白费力气。这个人已经疯了。对于所有人、所有事来说，他都已经无可救药——对你，对我，对他的妻子和孩子。对于铁路来说，也是如此。好吧，就算他坚持到最后，知道了终点有什么。说到底这是每个俄罗斯人自然而然的愿望，更何况一个俄罗斯犹太人；或者说，这是人类自然而然的愿望——想要知道终点在哪里。但就算他知道了终点在哪儿，甚至知道了车厢里有什么，然后又能怎样？比如车厢里装的是原木，或者是毡靴，或者是砖头。唉，我也不知道……反正就是一些无害的东西。知道了，又能改变什么？要知道，这样的人已经什么都不相信了。他不会相信所有车厢里装的都是原木或毡靴，更不会相信每一趟零号列车里装的也都是原木或毡靴。他会一直觉得，下一趟列车肯定载着某种东西，某种恐怖的东西，恶龙或者幽灵。或者某种美丽的东西，那种足以震撼、颠覆世界的东西，或至少能颠覆一个人的世界，朗道自己的世界。但铁路为什么还需要这样的人？为什么还需要一个完蛋了的人？他已经完蛋了。他无法被治愈，无法被矫正，已经从根本上发生了变化，成了另一个人。眼睛变成花状散热片，双臂变成冷却管，心脏则变成轴承……另一个人。"

上校停顿了片刻。

"当然，可以把他送去别的地方……将他送回来到这里之前的生活。但他已经中了铁路、零号列车和那些秘密的毒，所以对于原本的生活来说，他也完蛋了。这时候，你不得不做出唯一可能的决定……"

他试探地望向阿尔达布耶夫。"那么，堂多

米诺,你的决定是什么?"

伊万吞了吞口水。

"是的,没错,你甚至不用说出口。你的决定是正确的。准确来说,这是唯一可能的决定。就连这个人——这位第九车站的前站长——也早就开始明白,不存在另一种可能。他自己也清楚,这是唯一的出路。他已经感觉到,已经被这种毒素彻底侵蚀——它改变了他,将他变成异类,永不停歇地破坏他的生活。它会一步步侵略一切生命,毒害他漂亮的妻子,毒害他的孩子,将他们的生活变成一场酷刑。于是他请求,他恳求:下手吧。别心软。拜托了。我——我自己——恳求您动手。求您行行好。求您大发慈悲。求求您,是的。"

上校说完又沉默了一会儿,嚼起烟嘴。

"你是对的,堂。现在,谁来扣动扳机已经不重要了。完全不重要。哪怕是他自己。或者其他人。比方说你,堂。这有什么区别?这就是那种既没有刽子手,又没有受害者的情况。一枪——比如朝向太阳穴,对,就是这儿,然后这里就会溅出鲜血……生命的抽搐。就是这样。你明白的,这种情况是没有坟前致辞的,甚至都没必要挖一座坟。纯属多余。对吧,堂,没错吧?"

而阿尔达布耶夫惊恐地意识到,自己居然点了点头。赞同。颈部的肌肉绷紧,让头低了下去。是的,没错。是的,一切都是正确的。他因痛苦和屈辱而发出呻吟。

"好啦,"上校说,"好啦,我们都是人,都是凡人。"他停顿了一会儿,说:"暂时别告诉她。就让事情自己平息吧。明白吗？"

"明白，"阿尔达布耶夫沙哑地回答，"但这里就我们两个人……是谁发了那封关于米什卡的电报？"

上校沉默了很久都没说话，只是盯着伊万的眉心，锐利的目光令伊万的额头抽痛起来。

"即使我告诉你是谁，又能改变什么？什么都改变不了。难不成，你……"

"不是我，"阿尔达布耶夫立即反应道，"我死也不会那么做。就让他活着吧。我以我母亲的名义起誓。"

"如果让我来说……说出一个名字，比方说，德列穆欣。会怎样？"上校用手势打断了伊万，"或者埃斯菲莉·朗道，又怎样？你为什么不说话？她为什么不可能告密？就因为她不可能告密？如果她别无选择，除此之外没有其他阻止丈夫的可能性呢？是出于最崇高的动机？不，不是出于爱，不是的，但至少是出于对可怜的疯子、对自己孩子的父亲的怜悯呢？"他再次抬手打断阿尔达布耶夫。"我还可以再说几个名字。你记住，就算是德列穆欣和那个女人也没必要特殊对待。明白了吗？"

"我记住了。"

"对了！"上校突然想起来，"你的誓言是无效的，堂。虽然你以母亲的名义起誓，可你压根儿就没有母亲，堂，根本没有。除非你向祖国母亲发誓。"

"祖国母亲，"堂点点头说，"妈的。"

现在，头戴制帽的瓦夏·德列穆欣走向零号列车。他紧咬牙关，尽量不看向费拉——从那一天起，她也养成了每天等待零号列车的习惯。瓦夏拿着提灯和交通指挥棒，站够规定的时间就离开，而费拉开始负责发送关于零号列车已经驶过第九车站的电报。一切正常。然后她会去睡觉，或者在空荡荡的屋子里干点什么，无助的孩子在小床上翻来覆去，墙上的挂钟咔嗒咔嗒地走，洗手池里的水滴滴答答地流。

她每晚都去等待零号列车。她裹着披肩瑟

瑟发抖，或是把大衣披得更紧一些，继续等待列车。她看向阿廖娜，阿廖娜僵立在月台边缘，同样等待着，倾听着黑暗，然后是列车疾驰而过的轰隆声，仿佛金属的呼啸、轰响、嗡鸣、嘎吱和颤抖，都要被她吸进体内。

伊万终于忍不了了，于是严禁阿廖娜去等零号列车："那里有瓦夏和费拉就够了，你已经怀孕了，别再出什么乱子，流产之类的。你最好和古霞坐在一起，或者去睡觉。"但她什么也没听进去，只是任由心绪游荡，胡思乱想，凭空编造，把那种剧毒都吸进去——这种毒会改变一个人，让他亲口祈求死亡：请杀了我，请开枪吧，朝这里，就是这里，然后这里就会溅出……

他加入了铁路维修队，与两三名巡路工来

到大桥另一边，检查每一个轨道接头、每一条枕木、每一颗螺栓。替换。垫高。拧紧。就是这些。然后他们沿着路基下到小树林，生起火堆，吃午饭：煮土豆、牛奶和涂了猪油的黏糊糊的酸面包。有时候多耽搁了一会儿，就在小锅里熬稀粥，用生锈的铁罐头里的油豌豆调味，用越橘叶煮水喝。他们捻一根纸烟，抽起黄花草。田野里老鼠肆虐——今年夏天的收成怕是会很惨淡。但无论如何还得生存。种土豆。打干草。晒蘑菇。割野猪肉。酿私酒。没时间感到疲惫。也没时间思考。思考比抡大锤更令人感到疲惫。思考会从里头把人烧干。把力气也烧干。可人总得生存。这才是最要紧的——生存。其他东西都可顺其自然。假如真有其他东西，那也是其次的。

他们抽一会儿烟,又回到路基上,再次踏在枕木间。一根枕木长二百七十厘米。每千米铁轨铺了一千四百八十八根枕木,有时候甚至刚好一千五百根。枕木中轴间距是五十六至八十九厘米。枕木可以将铁轨的压力传导至道砟和路基,防止轨道扩宽或细微蠕变,即纵向位移。最好的枕木材料是橡木和松木,但落叶松和云杉也可以。伊万熟记于心。这就是知识——知识就是力量,就是面包、食物、生命。它不会毒害你,不会让你落得和米什卡·朗道一个下场。不会搅坏你的脑子,混淆你的感受。

他总挑最重的活儿干,只为了拖着疲惫的身子回家,沉默地咀嚼阿廖娜递给他的任何食物,爬上床,倒在无梦的睡眠里。没有留着乌钢般鬈发、穿着丝绸的女人。没有谈论屎、给妓女送花的上校。没有铁路。没有零号列车。没有。他打算每周六日也去干活,只为了少说点话,少说点废话。只为了沉默。只有沉默。每个人都知道自己该怎么办。无须闲谈。没必要。动手去做。他不再光顾酒馆。当然,自从米沙消失后,费拉也没在酒馆露面。现在,她只等候零号列车,无论寒暑,风雨无阻。她站在月台目送列车,等离站的汽笛,然后回家。你好,万尼亚。你好,费拉。孩子怎么样?上帝保佑。上帝会保佑的。谢谢。

当人们告诉他阿廖娜的事时,他一开始并不相信。这根本不可能。

"那你自己去瞧瞧,"古霞反驳说,"我去看过她一次,就再也不敢去了,我的神经可受不住,没想到她居然固执到了这个地步,真是个怪人。她难道不害怕吗,换作我,光是吓就吓死了。"

他好不容易等到半夜。躺在床上干等着。她果然悄悄地钻出被窝,把脚伸进破毡靴,披上棉袄。只听见门吱呀一声响。等了半分钟,他也急忙下床，麻利地穿好衣服，溜出家门。他生怕还不到时候就惊动了她。她沿着小径快步走着，几乎是跑着奔向大桥，他紧跟在后。她来到铁路拐弯处，沿斜坡爬上路基，躺了下来。他扒着湿滑的野草，也向上爬，然后身体贴紧地面，屏息静待。一阵低语声传到耳边，但辨不清内容。她在自言自语，嘟囔着。而这时火车已经从黑暗中冲出，轰鸣着驶过大桥，碾过横卧在枕木下的身体。

阿廖娜。阿廖娜——娜——娜！

他长大嘴巴，将额头抵在湿润的土里，牙齿与牙龈啃咬着泥土。

阿廖娜——娜——娜！！！

她一动不动地躺着，就像一个死人。他浑身颤抖。突然，虚弱的身体变得不听使唤。他手脚并用地爬向铁轨,呼喊着。零号列车驶过第九车站,在黑暗中响起汽笛声。她动了动。先是睁开眼,然后张大嘴。她还在说着什么!她在尖叫,接着大声呼喊:"母亲!母亲!"仿佛轰隆隆的列车还悬在她的头顶。母亲。阿廖娜。阿廖努什卡,天啊,我的上帝,我的傻姑娘,你在干什么。快起来,瞧瞧,你的脸都划破了,弄脏了,快起来,对,就是这样,就是这样,快,是我,我,我不会把你交给任何人,你听见了吗,任何人,无论发生任何事,我都会拼命保护你,你明白吗,我发誓,我发誓……

他搀扶她站起身,两人紧紧抱住对方,勉强爬下坡道,走进柳树林。黑暗中响起了食人恶犬的吠叫声。你疯了吗,怎么能干这种事?你怀孕了,肚子大得像个轮胎,怎么能干这种事？你不只会害了自己，还会害了孩子，为了什么？一些疯狂的幻想，真是的，那里没有什么母亲，亲爱的，你母亲恐怕很早以前就去世了，愿她在天堂安息。就算她还健在，也会过上安宁的生活，等着你回去，可你这是干什么？你不会以为她被这趟列车带去了某个地方吧？车里根本没有活人，只有原木和毡靴，这是上校告诉我的，那个红发上校说过，里面没有人，而是原木和毡靴，成千上万的原木和毡靴，里面没有你母亲，也没有其他人，别乱来……答应我，再也不要去那里了，你想想，谁能从飞驰的车厢里听见你的声音？当然，前提是车厢里真的有人……得喊多大嗓门才能穿透所有的噪音，压过上千吨的铜料与铁块，盖过我们生活中所有的折磨与痛苦。

她睁圆了眼睛看向他:"我在喊母亲吗?"

"你喊的是母亲。"

"我喊的是万尼亚!"

"但我就在这儿,你要是想喊我,喊的是我,阿廖努什卡,活生生的我就在你眼前呢。"

他盯着她。他把她反锁在屋里,不让她出门。但他还要工作。他像马一样劳作。每一天都是如此。这是他的生活。他晚上会做梦,梦见是自己躺在枕木上,头顶是疾驰的列车;梦见自己想闭上双眼却无法闭上;梦见自己在车底大喊,喊破了嗓子。但到了早晨,他无论如何也回忆不起自己究竟在车底喊了什么,呼唤了谁,或咒骂了谁?那到底是怎样独一无二的字眼啊——夜复一夜,他非喊不可,哪怕列车从他头顶、脸上,甚至匍匐在地的身体上呼啸而过。一个关于零号列车的念头令他战栗。假如当时他手边有爆炸装置,他肯定会把这一切从里至外都炸个粉碎,铁路和神秘的列车,连同水塔、桥梁、信号灯、红发上校、食人恶犬——连同一切日常习惯与梦。

在驶出大桥的地方，零号列车脱轨了，一节节车厢相互撞击，从路基翻下斜坡。铁道检修车、卡车、消防车以及数百名士兵立马赶赴事故发生地。现场立即被士兵封了起来，车站工作人员不许接近。人们在大型起重机和强光探照灯的帮助下清理破碎的板材、脱落的枕木、扭曲的轨道和断裂的钢铁条，还在最底部发现了一具尸体——阿廖娜。专列上的医生从她体内接生出一个活着的女婴。阿廖娜没能醒过来，就这么死了。或许连伊万自己也不敢冒险把医疗车厢手术台上这团血肉模糊的东西称为阿廖娜。那只是一具尸体。

当数千名工人修复路基时，红发上校已经带着部下开始审讯。凌晨时分，阿尔达布耶夫听说，造成车祸的嫌疑人是埃斯菲莉·朗道，也就是费拉。至少上校毫不掩饰对她的怀疑。人们认为，就是她在那里动了手脚，导致火车翻下斜坡。她是怎么做到的？

"还能是谁呢？"红发上校懒洋洋地问，"不过没有人证实就是她干的。我只是猜测。堂，这件事和你没关系。我相信你，也相信瓦夏·德列穆欣。你们是自己人。而她有丈夫。你明白吗？她有报复的理由——报复铁路，报复我，报复祖国……"

"但我听说已经有人为那件事受罚了！还是

说,那只是谎言?"

上校漫不经心地挥了挥手。

"那是以防万一。如果有人问起来,我们已经做好了一切准备。所有人都被注视着。我们找出了敌人,审判并且惩罚了他。文件一应俱全。但对正义的追寻将继续下去。人们仍在追寻真理,并最终会找到它,毫无疑问。"

伊万没有任何疑问。他甚至猜得出为何偏偏要在费拉·朗道的屋里追寻真理,于是他对上校说:"你应该直接钻进她的裙底,你的真理不就在那里吗?"

上校克制地笑了笑。

"你想帮忙吗?算了吧,别咬牙切齿的,我真害怕,滚一边去!"

伊万脸色一黑。

"从没有人能让我下跪,明白吗,上校?"

"明白。有的人跪不下去,原因只有一个:他们从没站起来过。"

伊万在德列穆欣家一直坐到傍晚。瓦夏倒上一杯伏特加,但阿尔达布耶夫挥了挥手:没那个心情。古霞在给女婴喂奶:她的奶水自从第三个孩子夭折后还没有断。她一边喂,一边笑。你怎么了?痒。痒得要命。

这世上似乎没有比古霞更幸福的人了。她有了一个活生生的孩子。紫色的小肉团在温暖与母乳的滋养中渐渐变得粉嫩。这个婴儿几乎就是她自己的孩子。没有人会夺走。要说有谁在事故发生后打心底里高兴,把阿廖娜的事彻底抛在脑后,那就非古霞莫属了。阿廖娜的形象只是一闪而过，然后就消失了。就像从未存在过。这个流淌着流浪者血液的小个子女人，穷尽短暂的一生，寻找着某人。她说自己在找妈妈。也许，可能是吧。又或许她只是想四处流浪。伊万曾让她稍作停留，却无法治愈她。而现在，她在天堂的草地上游荡，与其他阴影为伴。或许，那不是天堂。但有什么区别呢？那个世界也只不过是那个世界。假如那个世界真的存在的话。伊万突然哭了起来。或许，生平第一次——让他痛心的不是他自己，而是那个流浪女，那个阿廖娜。游荡的女子。她似乎以一种奇异的方式留在了他的血液中，从内部折磨他，他感到疼痛，甚至是悲哀。她不知从何而来，无依无靠，也不知消散于何处——身形娇小，跛足，怪异……

每到夜晚,朗道家的灯都一直亮着。所有人都知道,这是上校在审讯费拉。按照上校的说法,他们是在谈话。阿尔达布耶夫站在正对村子的窗口抽烟,目不转睛地盯着费拉家的窗户。那里发生了什么?他们在说什么?

"你还不明白吗?"古霞腰间缠着绒布披巾,一边嘟囔,一边抱着婴儿在屋里踱步,"那里发生了什么,你还不清楚吗?要是不清楚,就自己去看一眼。"

多简单啊。就这么办:去看一眼。他穿上

衣服，拉紧便帽，走进湿冷的秋夜。雨下了起来。

他没敲门就进了屋。窄小的走廊里亮着灯，空气中弥漫着香水和上等烟草的气味。制服大衣下露出了一截皮带。一把手枪。干什么用的？但他还是拿上了枪。他迅速而谨慎地检查了一遍：子弹已经上膛。嗯。他将枪别在腰间，敲了敲门。红发上校出现在门口，正眯着眼。

"有客人来了。"他嚼着已经熄灭的烟嘴，"来吧来吧。既然来了，就进来吧，堂。"

"我不是来找你的。"他本想随意地笑笑，却从齿间挤出一个狰狞的笑容。

她坐在桌子前。桌上摆着一瓶未开封的酒，几碟菜，面包，还有一个留声机盒子，里面是天鹅绒内衬，火焰般的鲜红色，金属零件上闪着冷冽的光泽。

"挺自在啊,"伊万拉长了音调,紧张地吞咽口水,"我以为他把你看作敌人,结果你们相处得挺好……"

"万尼亚,"费拉哽咽着说,"我能怎么办?我们能怎么办?"

"我们?"伊万急切地转过身,"我们需要谈一谈,上校。"

"你在玩火,堂。"

"我们需要谈一谈。"

上校将大衣披在肩上,看了一眼打开的枪套,阴沉地笑了笑。

"你在玩火。"

伊万轻轻推了推他的背。

"现在去哪儿?"

"去那里，"阿尔达布耶夫向桥的方向挥了挥手，"散散步。走吧，走吧，没时间了。"

"你知道你死定了吗，堂？从这一刻起，你意识到了吗？我甚至不需要喊出声。"

"那就不用喊了，"伊万打断他，"快走。"

他们走到河边。伊万掏出枪。

"你干什么，堂？"上校大笑起来，"你疯了吗？"

"没错，随你怎么想。"他抬起枪，"我们已经说得太多了。"

上校是侧着身站在伊万面前。伊万瞄准了上校的太阳穴。

"但你什么也改变不了，"上校说，"你要明白，你什么也改变不了。铁路还在这里。零号列车还会从这里驶过。而她，那个女人，注定会死。她死定了。和你一样。也和我一样。而你迟早会死，就算你能活到一百岁。你还不明白吗？你会永远留在这里，为铁路工作。迎接然后送别零号列车。无论发生什么。就算所有人都死了，你也无法离开，直到接到命令允许你换一种活法。但这样的命令永远轮不到你。你父亲之前意识到了这一点……"

他停顿了片刻。

"奇怪的是，你从来没问过你父亲为什么会那么做……"

他停下来等待伊万的反应，但伊万依然站在原地，用枪抵住红发上校的太阳穴，一言不发，一动不动，而在黑暗中，在雨水的遮盖下，他的表情无法辨认。

"哪怕是她，那个女人，也已经都明白了，

早就明白了。你，我，所有的一切都不存在，我们只是铁路的阴影、命令的阴影，如果你想的话，也可以说是未来的阴影。许多人梦寐以求的那道命令，永远也不会来。因为这种命令不是用电报传来的，不是邮递员送来的……而是人们自己下达的。但无论是你还是其他人，都没这个能力。因此你所计划的一切都没有意义，就像其他事情一样……明白了吗？"

"明白了，"阿尔达布耶夫说着，扣动了扳机，"明白得不能再明白。"

他朝着已经成了尸体的上校又补了一枪。

零号列车咆哮着驶过大桥，铁条在呻吟，金属在轰响，铁轨在嗡鸣。

伊万将上校拖到水边，趁死者的手还未僵硬，艰难地把枪塞进他手里，把他的手指扣在扳机上。伊万把尸体推进水里，又在岸边找到一根又弯又长的木杆，用尽力气推开尸体。上校顺着水流漂了十米左右就停在了岸边。伊万把尸体推开，它漂起来转了个圈，然后又在岸边停了下来。伊万再次推开尸体。他就这么在岸边跟了一路，直到尸体被水流卷走。他将木杆丢进水里。好家伙！他蹲下，点了一根烟。五公里，他至少走了五公里。好家伙！这家伙无论如何也不想离开大地，离开这人间。固执。和所有人一样。他三口抽完了一根烟，再续上一根。死了。唯一的问题是，谁死得更透。

雨下大了，但阿尔达布耶夫没有发觉，也没有任何感觉。也许，他只剩下疲惫。

他在天亮之前回到家。费拉在房间里，头枕在胳膊肘上睡着了。一听见动静，她立马起身,一脸迷惑地看着伊万。

"他去哪儿了?上校在哪儿?"

阿尔达布耶夫去营房里拿了些煤与木片,点燃炉子,将上校的皮带与军官帽丢进炉膛。做完这一切,他才看向费拉,艰难地开口:"费拉……"

他了解她。他了解这副身体。事实上,他早就知道,知道每一处凹陷,每一道褶皱,每一颗痣。他知道她的气味。知道这种气味所有微妙的变化。他甚至知道她坚硬的乳头,手臂的曲线——他也曾在萝扎身上见过,还有那无助的微微张开的嘴唇——与斯托雅哈尔卡的一模一样。古贾不也是这样抱着他,手指也这样抚过他的肩和背?难道第六车站莉莉卡的腹部不也是像这样隆起?而那乳房的颤抖,不就像阿列宁娜一样吗?这一切都再清楚不过了:她就是所有女人的化身。所有女人，包括她自己。她就像面包。你就像要把我吃掉，万尼亚。是的。不要只用你的身体爱我，万尼亚。好的。就是这样。慢慢地。一直这样。永远。我会学习。学习什么？你。于是他仔细研究她，轻松记下了她全部的喜好，并牢牢记在心底。是的，就是这样。亲爱的，就是这样。继续。她就是所有他亲近过的女人的化身——她们的皮肤，她们的气味，她们的温柔，她们的激情，她们的痛苦，她们的尖叫与低语，让人身陷的泥潭与令人窒息的高地，摇篮、生命与坟墓。

他们筋疲力尽地躺在窄床上。睡吧，他说，睡吧。别怕，没什么好怕的。永远也不用怕。帮我拿一下，她说，在那儿。那儿有些糖果，便宜的硬糖。她将一颗硬糖放进口中。

"坏习惯。我不吃糖就睡不着。我睡觉的时候就是这样——嘴里全是糖的滋味。"

她睡着了。他看着她,心想就在此刻——就在这一分钟——他愿意开枪打死一千个上校、将军、元帅、领袖。把他们打死,而不必受到良心的煎熬,也不必在乎杀人犯都会受到怎样的折磨。不。不会有任何折磨。他只要她能浅笑着入睡,腮边含着一颗硬糖,嘴角挂着一丝甜蜜。

阿尔达布耶夫呻吟着醒了过来。挂钟显示十一点三十分。哦,他可不会睡过头。苍蝇发出单调的嗡嗡声,在昏暗的灯泡周围盘旋。睡不着。就是睡不着。雨下了起来。

老人双手叠在脑后,聆听着雨声。苍蝇还在嗡嗡地吵,雨还在淅沥沥地下。铁轨在黑暗中闪着光,还没有彻底生锈,因为一百节车厢的车轮每天都会将铁锈刮下来。这最能证明零号列车并非幻觉。但人们的确这样说过,说它是幽灵。一个鬼魂。这样的说法很早以前就有。

瓦夏从那个米沙·朗道没能抵达的地方回来时也是这么说的。为自己的身体而哭泣的费拉也是这么说的。古霞也是这么说的。她的女儿——阿廖卡——也是这么说的。为了再也不用回到第九车站和铁路边,阿廖卡离开了寄宿学校。锯木厂的工人、车间修理工、巡查员、门卫——所有人都异口同声:零号列车就是幽灵。睁开双眼吧,堂。快点,堂,好好地瞧一瞧,睁大眼睛看一看,老伙计,那只是一阵风吹过无垠的平原,只是一阵从这个国度吹来的风——来自一个满是幽灵,满是失踪的孩子、不幸的父母、死去的恋人,满是叛徒与疯子的地方。那只不过是从吞噬自己孩子的祖国吹来的风。睁开眼吧,堂!你所有的愤怒,你全部的力量——让那些在废弃车站消磨时间的女人们铭记至今的力量——都去哪儿了？难不成那股力量转而与你作对？毒害你，吞噬你的理智、灵魂与心？让你上瘾，让你癫狂？睁开眼吧，堂！滚开，魔鬼！滚开！他还从未向任何人屈膝。何况他也不算老，还能分清黑与白、清醒与梦境。他还能理清事情的本质。而他等待的决心比魔鬼更强大，比生者与死者更强大，比记忆与遗忘更强大。

他拿上提灯和交通指挥棒，披上宽大的雨衣，走进黑暗与倾盆大雨中。四处都是水，一切都在流动。流动。河水翻腾着，怒吼着，在低矮的河岸上溅出泡沫，在桥墩四周卷起肮脏的漩涡。雨水像冰块一样从天上重重地落下来。春天。最糟糕的季节。没有比这更糟糕的了。他在遮雨棚下抽完一根烟，点亮提灯。倘若没有零号列车，他这一把老骨头恐怕早已在河对岸的山丘之下腐烂。遮雨棚已经漏了，窄小的月台也塌了，车站的建筑物纷纷倒塌，道路两旁冒出及腰的杂草，信号灯耷拉着，电线垂下来，电线杆不是倒了就是歪了。

但世界还没有彻底完蛋。你还活着。铁路线缝合起的世界还挺立着、坚持着，每当这一刻来临，世界就会苏醒——你听！零号列车从一片虚无中冲出来了。

他举起灯。

远处闪过一道刺眼的光。哐当声，长啸声——零号列车疾驰而来。它轰隆隆地驶过颤抖的大桥，冲过弯道，朝着车站扑过来——呜！——伴着震耳欲聋的怒号，伴着金属的呻吟与呛鼻的浓烟疾驰而过。蒸汽机车两节在前，两节在后，一百节车厢。它像时钟一样。准时准点，分毫不差。呜！列车消失在拐角处。难道这是幽灵？是臆想？是幻觉？唉，伙计们，出了问题的是你们的脑子，是你们那被霉斑腐蚀的灵魂，还有那饱受折磨早已不堪重负的神经。

他拉紧胸前的雨衣，用提灯照亮脚下的路，沿着砖块碎石走下月台，朝着门廊走去。突然间，他停下步伐。转过身。侧耳倾听。见鬼了？这不可能。他又返回月台，不知为什么举高了提灯。老天啊！又一趟列车正从黑暗中奔向大桥，冲向第九车站，伴着震耳欲聋的汽笛声，在水雾与呛鼻的蒸汽中疾驰而过。蒸汽机车两节在前，两节在后，一百节紧锁加封的车厢。阿尔达布耶夫把提灯放在脚边。有什么地方不对劲。一定是出了什么事。哪里来的第二趟零号列车？他的记忆里从未有这样的事。而他的记忆就是铁路的历史。啊？又一趟？又一趟列车拉着汽笛从黑暗中冲上大桥。四节蒸汽机车，一百节车厢。枕木在重压下沉进土里，钢铁在呻吟，金属在轰响。它从哪儿来？它不该出现。不。第三趟，然后是第四趟——它们不该出现。第五趟。机车。重达六十四吨、体积一百二十立方米的车厢，每一节都藏着秘密。一块瓦片从遮雨棚顶掉下来，但列车呼啸，伊万没听见瓦片的碎裂声。站台正在塌陷。枕木下如喷泉般地涌出一滩泥浆。机车，车厢，机车，车厢……

有什么地方不对劲。

有什么地方不对劲不对劲不对劲劲劲……

设备间的门倒了,灯泡早就不亮了,仪表盘上积着一层厚厚的污垢与灰尘,指针一动不动。电报机沉默着,只有窗框上的玻璃碎片还在颤抖,天花板上悬着一个缺了灯泡的灯座。

无穷无尽的零号列车。

有什么地方不对劲。

但他还是决定回家,打算老老实实地睡一觉。一定是神经过度紧张。他绕过建筑物,强忍住不跑起来,冲向二楼。厨房里亮着灯。

"古霞!"他喊道,"古霞!"

一片寂静。随后屋子深处传来一阵沙沙的脚步声。停在了门口。

"古霞,"他压低嗓音叫唤她,"你听见了吗?那趟列车的声音?"

"你要干什么?"她终于回应道,"什么列

车？快睡觉吧，夜深了。"

一阵沙沙声，脚步声渐远。

"古霞！"他声嘶力竭地喊，"你们都见鬼去吧！是列车来了！列车！列车！"

列车的轰鸣还在他耳边回响。车轮撞击。金属呻吟。整栋屋子都在震颤。

他一口气灌下一瓶自酿酒，在嘴里撒上一撮盐，舌头顶住上颚。好了，放心吧。好了，只是神经紧张。他还活着。古霞在那里，也还活着。棚里的奶牛、猪和鸡都活着。好了，放心吧。胸口暖和起来了。他又喝了几口，但不再是神经质般的豪饮，而几乎是在享受愉悦，不顾自酿酒的呛鼻气味，也不顾窗外车轮撞击的声响。活到天亮。我们能做到。只要活下来，就不会死。零号列车还是零号列车。火车还是火车。车厢里有什么？金属、木头——仅此而已。它走它的，就让它走吧。应该这样。这样应该。这样这样。哐当哐当。不过是一趟列车，有什么大惊小怪的。每天都是这样，早该习惯了，早就没有鲜花了。那些捧着鲜花迎接第一趟零号列车的人早已不在了。死的死，走的走，逃的逃。只剩下他一个。这片土地上孤零零的一人。不算古霞，也不算牲口的话。现在他是真正的孤身一人，真正的孤独。古霞认为他发疯了。不过她早习惯了和疯子过日子。瓦夏疯了。堂多米诺疯了。这就是结局。不，鬼才信！他也许是孤身一人，但这正是那种孤身成勇的时刻。只要他还是个勇士，只要他还活着，零号列车就活着，铁路也活着，俄罗斯就活着，世界就活着。现在是这样，将来也会是这样。

哪怕最终他一无所有,只剩下血与记忆。

伊万摸黑爬上了床,躺在毯子上。瓦夏珍藏的笔记本就在桌上,似乎有些泛白,部分秘密笔记瓦夏生前还没来得及烧毁或吃下去。应该看看那里面写了什么。

瓦夏曾说:"我会把一切都说出来,伊万,一切,我会把看见的一切都写下来,如果可能的话,如果可以的话……这很可怕,但我应该这么做,否则我去那里是为了什么,我活着是为了什么?"

他饱受折磨肿得像面团一样的脸颤抖着,稻草一般的眉毛,还有光秃秃的额头上几绺枯黄的头发也随之颤抖、低垂。

"就让我们的孩子和孩子的孩子为之战栗吧,让孩子的孩子,让他们的孩子……还有他们孩子的孩子……伊万，那里只有妇女和孩子……我的意思是，那里什么东西都没有，什么人都没有，但那就是妇女和孩子，你明白吗，我该怎么解释……"

阿尔达布耶夫什么也没明白。他面前坐着一个语无伦次的野人，一个胡子拉碴、衣衫褴褛的男人，一个他在孤儿院就习惯以兄弟相称的人。好哥们儿。他们睡过同一张床，一起打过架，背靠背抵御敌人。他们睡过同样的女人，然后笑着说："我们成了同胞兄弟，哈哈，终于有了血缘之亲。"他们曾一起在前线铁路上奔命。一起沦落到这里。但现在，他面前的瓦夏衣衫褴褛、堕落不堪，眼里闪烁着病态的光芒。瓦夏去了米沙·朗道无法抵达的地方。然后呢？什么也没有。只有呓语。毫无逻辑的胡言乱语。

瓦夏的口袋里还有一张任命新站长的电报：伊万·阿尔达布耶夫——堂多米诺——站长。九号站台的站长。瓦夏被除名了，但没人来找他：没有人需要他，没有人害怕他的疯狂和他以理智为代价得到的真相。这算什么真相？见鬼去吧，它把一个人逼上绝路，然后把另一个人……变成无人在意的存在？这究竟值得吗？疯狂？就这些？如今，他，阿尔达布耶夫，是这些屋子、营房、车站、锯木厂、维修车间的主人。长官。领导。无视一切的领主。他身边除了古霞，在古霞怀里嘤嘤啼哭的小阿廖卡，以及费拉，再没有别人了。

那天早晨,费拉恳求带她离开第九车站。她曾经赤裸地站在小澡盆里,阳光将她的身体照得几乎透明。他向她描述了这个画面。

"真的?"她高兴地笑起来,"你没骗我吧,绅士老爷?"

没有,当然没有。他向她描述了她鸟儿般搏动的心脏,肺部蕾丝般的泡沫和烟雾环绕的肝脏,银铃一样的膀胱,还有粉色果冻状的身体里包裹着的纤细的蓝色骨头……

"所有西班牙人都是骗子,"她说,"带我离开这里，堂。我们走吧。我害怕——害怕一切：铁路、零号列车、那些面目模糊的人，还有守卫的食人恶犬；我害怕死人，但最害怕的是自己。带我走吧，求你了，去萨拉托夫，我们住在索科洛瓦亚山上，从那里可以看见远处的伏尔加河、城区、叶利尚卡……或者你想去任何地方都可以，只要能离开这里。好吗？堂，绅士老爷，带我离开这里吧，这里只有死亡，死亡，死亡！"

他不知所措。离开？什么意思——离开？那车站怎么办？零号列车怎么办？只有这里才有那些他可以称之为"属于自己"的东西。而她所说的那些地方，那里什么都没有，只有臆想，只有梦境。

"不对！"她悲痛地哭喊，"这里才是梦境

与臆想。万尼亚,周围的一切都是毫无意义的,纯属胡扯,荒诞,虚无。这一切能有什么意义?毫无意义!"

"要什么意义?"他抓住她的手,将她拽向自己,"意义只存在于我们之间,在于你我,只要这样想,就没有别的问题了,甚至没有死亡……"

他最终还是没鼓起勇气问她关于米沙的事情。舌头木了般不听使唤。"费拉,是你向上校举报了吗?是你干的吗?费拉?你为什么要这么做?你想帮助米沙吗?"但他最终没问出口。甚至也不打算问出口。这些话在他心中堆积凝固,让他感到疼痛,但说出口——不,他绝不会说出来。因为她可能会说:"是的,是我。"如果真是这样,他该怎么继续活下去?

人们一直在找红发上校。搜寻工作漫长而细致。侦查员的鼻子扁得像鸭嘴,眼睛小得第一眼几乎无法确定它们在脸上的位置。他一个个盘问整个车站的人——列车员、门卫、工人,还有那些服役的女孩。他的工作相当冷漠而有条理,令人不禁想道:在盘问完所有人后,他也会同样平静地翻到笔记本的下一页,开始讯问铁轨、枕木、火车头、天上的鸟和水里的鱼。谁见过他?谁最后一个看见他?他去过哪里?和谁说过话?说了什么?士兵们搜寻了每一栋房子。锯木厂。修理车间。水塔。酒馆。他们掀开床底。打开地窖。查看水井。在河里打捞。哪怕是一丝痕迹,哪怕是一点线索,他们也不放过。烟头。气味。声音。声响。回音。他们翻遍了大多数居民撒在栅栏外或屋后小路上的炉灰,终于在尘埃中发现了两粒制服扣子,一颗皮带扣与一枚帽徽。好,总算有了点线索。这或许是他的东西,或许不是。一切皆有可能。但这已经算是一条线索了。这是谁家的炉灰?从谁家的炉子里倒出来的?他们检查了每一个炉子。每一个。他们筛了炉灰。一遍又一遍。对比样本。一遍又一遍。不停审讯。一字又一字地筛选,比对,抓捕。敌人就在附近。他会被揪出来,被抓获。结果显而易见:敌人是存在的。只剩下最后一步:弄清楚他的名字。仅此而已。但无论如何都要弄清楚——那个名字。德列穆欣。朗道。阿尔达布耶夫。乌多耶夫。阿姆巴尔楚米扬。究竟是谁？

伊万安慰着饱受审讯折磨的费拉："别怕。他们忙活一阵就会离开。千万别怕。这帮怂狗只会循着恐惧的气味。"

"但我们现在哪儿也去不了，万尼亚。只要没找到凶手，只要没找上我们，他们就不会放我们离开。"

"不要想这些。我们什么都不知道。他们在找人，就让他们找吧。我们的工作是帮助他们，回答问题。帮助他们，让他们找不到我们头上。"

费拉被带走时,伊万正在铁路上工作。看到古霞带着费拉的儿子伊戈尔在门口等他时,他立刻明白了一切。

"什么时候的事?"

"中午。他们把她押上车就走了。可能是去八号站台,或者别的地方。他们没说。"

"那她呢?"

"她怎么了?她这不是已经把伊戈尔交给我们了吗。"

伊万扭头就大步冲向大桥。

"如果她没被带去八号站台呢?"古霞在他身后大喊,"你就这么一直走到一号站台吗?"

他没回头。他会走到那里,当然。无论多远,他都会走到。他会说:"是我。是我干的。是我。放了她,放了这世上唯一的女人——她纤细的骨头漂浮在粉色果冻状的身体中。不是她。是我干的。是我。"八号站台还有多远?三百公里?没关系,他能撑住。他会走到那里。就算饿得只能吃自己的肉,他也会走到那里。不可能走不到。他不顾刺骨的冷风与倾盆大雨,沿着路基走向八号站台。如果需要,他还能走到七号站台。走到六号站台。走到地狱,走到天堂——走到任何地方。哪怕啃光自己的肉,也要凭着一副枯骨爬过去。

早上巡道工发现他时,他正贴在枕木上,

向前爬，嘴里含糊不清地嘟囔着。他发了高烧，神志不清，谁也不认识。"费拉—费拉—费拉……费—拉。费—伊拉。费拉—阿。老天啊。老。天。啊。"傍晚时，他昏了过去。

一周后，她坐着铁路检修车被送了回来。她佝偻着身子，裹着老妇人款式的头巾，裙子潦草地披着，膝盖磨得满是血迹，双脚沾满了煤灰与油污。她勉强爬下检修车，一瘸一拐地回到家，接走了伊戈尔。古霞抓住她的袖子，说："来吧，费拉尼卡，我给你倒点热乎的，亲爱的……"

她摇了摇头。"不，谢谢。"她离开了，将自己反锁在屋内，入夜也不点灯。古霞抱着阿廖卡站在窗前。伊万躺在床上，因高烧而辗转反侧。他半死不活。他梦见了那些女人——永不磨损的腹部，铸铁般的胸脯，铆钉似的肚脐——为什么，为什么，老天啊？她们推开费拉、古霞、阿廖卡，躺在他身边，她们的身体如此庞大，让他无法呼吸，她们折磨着他。萝扎·S.莫萝扎一边磕着松子一边用动听的声音对他说："杀了她，除此之外别无选择——只能杀了她。用手掐住脖子，用胳膊肘压住胸口，熄灭她体内那团让她变得透明的虚伪火焰。那火焰全是假的。她的一切都是谎言。她藏着秘密，欺骗你。杀死她，你就能获得自由和清净，你会获得只有死人才能获得的幸福……"

古霞抱着阿廖卡站在窗边，嘴唇微微颤动。瓦夏呻吟着摇头，光秃秃的头顶中央那绺枯草般的头发随之晃动："我要走了，我没法再这样了……见鬼去吧……走了……"于是他离开了，而伊万还在昏迷中。他就这么走了。

当伊万醒来时,古霞告诉他:"伊万,瓦夏卡走了。"阿尔达布耶夫立马猜到瓦夏去了那个地方。这里的所有人只会去一个地方。那里。这么说,这一回瓦夏也中了米沙·朗道中过的毒。这里的所有人都中过毒。难道它在空气中。在食物里。在水里。在唯有此地才会滋生出的思想物质中。瓦夏,胆小的家伙。

他虚弱极了,每走一步都很费力,呼吸痛苦得仿佛生病期间心脏被蒙上了一层厚重的油脂。他从栅栏上掰下一条木头撑着走,才觉得轻松了些。干燥而冷冽的空气灼烧着他的肺。他每走五六步就要停下来。一阵头晕目眩。终于到了。敲敲门。再用木头敲一敲。一片寂静。他走进屋,用木头响亮地敲击地面。他推开门,窗口倾泻而入的阳光刺得他眯起了眼睛。费拉站在浴盆里，双手无力地垂下，灰白的头发披散在黝黑的肩头。或许她从他的表情里看出了一切，或许她自己也有所察觉——她的身体失去了那种透明质地。一副普通的身体，暗沉而浑浊，像所有人一样，也不比任何人更糟。

"我都清楚，万尼亚，"她疲惫地说，"不是你的错，万尼亚。你看，我还活着。"

"费拉……"

"不，不，万尼亚。一切都结束了。这就是结局。走吧，求你了。永远地走吧。那个我已经不在了，万尼亚。"她没有哭，"他们把我变成了另一个人。你知道他们是怎么做的吗？你想知道吗？不想？当然，我自己也不想说。十六个人。他们一共十六个人。五天五夜，他们把我变成了另一个人。我不再属于你了，而是别人的。我对自己都感到陌生。走吧，万尼亚，太痛了。"

她用双手捂住胸口。

这个动作——双手捂住胸口——他永远也忘不了，因为正是这一刻，他意识到一切真正地结束了。他大口大口地喘气，用木拐杖胡乱戳着四周，他离开了，回到家，躺在床上，一头栽倒，失去知觉，陷入昏睡。醒来时，他又回忆起她暗淡无光、伤痕累累的身体，也记起了那个动作——双手捂住胸口——于是又一次陷入昏厥。就这样不知重复了多少次，连古霞也数不清楚。瓦夏回来了，坐在他的床边，胡子拉碴的脸颤抖着，哭诉道：

"万尼亚，那里只有妇女和孩子。万尼亚，那里什么都没有，就只是妇女和孩子……"

醒来后,阿尔达布耶夫仔细地刮了胡子,用手指摸了摸额头那道竖纹。"瞧瞧这个,不用皱眉头,它自己就会长出来。"他收到了第九车站站长的委任电报。命令就是命令。他等了好几天,但始终没人来抓瓦夏。没人需要他,也没人害怕他获得的那些真相。

"你到底在那儿看见了什么?"伊万冷冰冰地打探。

瓦夏哭了起来,将厚厚的笔记本紧紧抱在胸前。

"万尼亚,我会写下一切,一切,只要这纸能够承受得了。我承受不了,只有纸能……"

"关于米沙的事,你也会写吗?"

但瓦夏没有明白伊万的意思。或者说,他不想明白?

瓦夏整日坐在自己的小屋里,用铅笔沙沙地写着。好吧,就让他写吧。除了写,他也做不了别的了。而伊万要做的事太多了:车站、女儿、大桥、零号列车……形形色色的人。那边住着乌多耶夫,这里住着锯木厂会计和他的"双人床",另一边住着电报员埃斯菲莉·朗道和她的儿子。费拉用钉子封死了前门,只穿过厨房,从后门进出。好吧,人都有点自己的怪癖。重要的是零号列车。生活。不是瓦夏颤抖的自言自语,不是他的恐惧、尖叫与抽噎。瓦夏认不出任何人，还把妻子也赶出家门。别哭，古霞。还要活下去。

那天晚上，古霞自然地走进他的卧室，脱掉衣服，尽量不发出声响。怎么了？还要等我邀请吗？快躺下吧，该睡觉了。她躺下了。生活。坟墓。女人是黏糊的生物。这个或者那个，没什么区别。唯一的区别只在于，有的睡觉时会抽泣、低语，用滚烫的臀部贴着男人，有的会浅笑着安静下来，腮边含着一颗硬糖，嘴角挂着一丝甜蜜。

铁路设施—大桥—车站—电报站—水塔—煤仓—锯木厂—修理车间—酒馆—零号列车。这就是生活。但零号列车只是经过九号站台，已不再停靠：巡逻队失去了换班的意义，列车也不在这里加水添煤了。直到有一天，大白天里驶来短短几节客运列车，锯木工们拖家带口，扛着寒酸的家当钻进车厢，启程离开了。接下来离开的是修理车间的工人们。人们拆掉了锯木厂的设备，拆掉了车间、起重机和机床，统统装上平台车厢，然后再跳上客运车厢——就这么消失了。再见了，堂。也许有一天，我们还可以在什么地方来一局"打山羊"。也许吧。在天堂。或者在地狱。或者没机会了。多半是没机会了，没必要自欺欺人。

最后撤走的是警卫。他们的长官带阿尔达布耶夫走上桥，指着一个检修井说：

"里面有一架梯子，通往下面的平台。那里有一道小门，门后就是炸药。明白了吗？"

"没明白。"

"谁知道什么时候呢，说不定会突然来一道命令，到时候你就要把这儿全炸个粉碎。当然，如果那时候你还活着的话。"

"怎么炸？"

"怎么，他们没把那个扳手给你？"

"什么玩意儿？"

"天哪,那还有什么可说的。就让它烂在地下吧。我们收到了命令。你没收到电报吗?"

"这道命令我可以自己给自己下。"

"你真行,堂。真会开玩笑。再见了,老伙计。"

让铁路自生自灭吧。烂掉。除了狗。被人们匆忙抛弃的食人恶犬不停地嗥了几个小时。一开始,伊万甚至弄不清楚这是什么声音。"该拿它们怎么办?"古霞说,"没人敢靠近。"他的女儿跑到桥边,哭着回来,说:"它们被拴着,不停地叫,不让任何人靠近……"

他拿上枪,走到铁丝网前。狗看见拿枪的人,安静了下来,警惕地打量着他。两条大狗。食人恶犬。它们以前吃得肚子溜圆。母亲们吓唬孩子会说:"你要是不听话,就拿你喂狗。"

据说,上校的专列会为这些畜生运来特供的肉。有人发誓曾亲眼目睹狗啃咬一只女人的手,手指上有戒指的痕迹。真是的。伊万可没有用来献祭的人,除了他自己。他可养不活它们。他举起枪。离他最近的狗拖着铁链猛一蹿,接着啪的一声肚子着地,栽在草丛里,爪子抽搐着,侧着身子向狗窝爬去。伊万追上去,赶忙补了第二枪。另一头畜生伏在草地里,沿着凹地向狗窝跑去。两颗子弹都没能命中。

阿尔达布耶夫恼怒起来。他从家里拿来一把钳子,剪破了带刺的铁丝网。但没等他迈出一步,那条狗就不声不响地从藏身处扑向他。可当他跳开拿枪时,这畜生又用老方法藏进了凹地。

他坐在土堆上,点了一根烟,把枪放在膝

盖上。它迟早会露头。迟早会出现。饥饿可是无情的。他让跑过来的女儿回去拿一根骨头。女儿拿来了。他打发女儿回家:孩子不该看见这样的游戏。狗窝前有一片被狗踩平的空地,他将骨头精准地扔到空地中央。狗探出头来,然后立马缩了回去。它嗥叫起来,再次探头,又缩了回去。就这么重复了好几个小时。阿尔达布耶夫爬上桥,但从那里射击距离稍微有些远。他下到警卫长官告诉他的桥面平台上。但开过第一枪后,狗换了藏身处,第二颗子弹打进了草地里。

天色开始变暗,阿尔达布耶夫这才明白,狗是想等天黑再拖走骨头。机灵的畜生。聪明着呢。它知道人们要去等零号列车。它什么都知道。没白喂它。人肉也没白吃。有戒指印的女人的手。这条狗毛色灰中带红，藏在高高的干草丛里，一次也没有被准星锁定。好吧，算了，这畜生。他把枪藏进灌木丛，转身回家。吃晚饭。哄阿廖卡睡觉。古霞顺带提起狗的事。他告诉她发生的一切。

"真是头畜生！"她惊讶地说，"它会和你绕上一整年，直到饿死。要不你就放了它？让它见鬼去吧。"

"你以为它在森林活得下去吗？"伊万说，"它迟早还会回来。到时候麻烦就大了。把桶给我……那个装过甘油的桶……"

他装好满满一桶煤油。穿好衣服。

"伊万，"古霞喊道，"它活得好好的！"

"我还活得好好的。说真的，我可不想和它周旋上一年。"

一听见脚步声,狗就大声吠起来。

"嘿哟,嘿哟……"阿尔达布耶夫小心翼翼地将桶放在地上,从灌木丛中拿出枪,"你胆子肥了,老弟……"

他站在铁丝网旁边,将煤油分两次泼向狗窝与草地。点着了火。火势蔓延得很快。狗惊惶地狂吠,被呛得喘不过气,用前爪死死地抓住地面,试图挣脱项圈。它猛地蹿进狗窝,又翻又蹦,最后扑向那个人——他侧身一闪,用双筒猎枪一击打爆了狗的脑袋和眼睛。

"你已经把它们埋了吧?"他刚一进门,古霞就问道,"不然阿廖卡明天跑出去会看到的。"

"埋了。"

"不可怜吗?"

"第一条不可怜。第二条可怜。"他沉默了

一会儿，接着说，"就像我自己。"

春天，被火烧焦的地方长出一片马尾草与羸弱的洋甘菊。伊万将铁丝网卷起，收进了仓库。也许日后能派上用场。

所有服役的女孩一批又一批离开了车站。几天里，九号站台收到了来自铁路各处的电报。斯托雅哈尔卡向伊万告别，将钢套永远封存于内心的珍匣中，阿尔达布耶夫曾将它磨得滚烫发白，她不得不用生鸡蛋与小苏打治疗灼烧感。莫吉拉向他告别，将阿尔达布耶夫压垮的床板扔下山坡。萝扎·S.莫萝扎向他告别，她为那堆散发阿尔达布耶夫气息的松子壳哭泣，为那张散发着阿尔达布耶夫气息的床哭泣，为自己衰老的身体、枯萎的乳房哭泣。在告别铁路之际,她在胸口文了一个头顶绿色光环、身披翅膀的阿尔达布耶夫的头像。再见了,堂,再见。他看也没看,就把这些电报扔进了火炉。

他并没有感到崩塌或毁灭,没有生命走到尽头的感觉。零号列车依然准时准点,经站不停。只不过车站的人已没剩下几个:他和古霞,还有女儿阿廖卡,费拉母子,以及成天待在自己小屋里的疯癫的瓦夏——他只在半夜零号列车抵达时走出房间。后来,阿廖卡也离开了。她被送去离家数百公里的第六车站,在那里上寄宿学校。伊万请求第六车站的电报员每月告诉他女儿的生活状况。于是他每个月都会收到一封电报:"生活安好学习用功身体健康吻你六号站台。"月复一月,年复一年:"生活安好学习用功身体健康吻你六号站台。"夏天,她回到九号站台，沿着铁路散步，去附近的小树林，与父亲一起迎接零号列车。

"爸爸，零号是什么？"

"火车。"

"妈妈真的是被它的轮子碾死的吗？"

"真的。"

"爸爸……你的梦想是什么？"

"我没有梦想。我就像一条狗：吠叫够了，吃饱了，就钻回狗窝。你呢？"

"说实话吗？我想坐一次客运列车。你坐过吗？是什么样的？"

"从来没坐过。我不知道是什么样。你为什么这么想？"

"要是知道是什么样，就不会想了。"

他感觉女孩正被她母亲阿廖娜的那种不安

分所困扰,细想起来,这种困扰与害死铁路边居民的那种臆病没什么两样,他身边已经有两个人因此丧命。如果算上阿廖娜,那就是三个。

"你听着,乖女儿。"

"我没事,爸爸。是他们说我可以去上大学。那就能到莫斯科了。"

他皱了好一会儿眉头,思考着,盘算着。他明白自己留不住她,也没必要。莫斯科远离铁路,远离毒药,远离那种不知不觉间浸入灵魂、杀死或夺取理性的毒药。还是让她去莫斯科吧。

"好吧,你去吧。但是记住我的话,明白吗?当心点,明白吗?"

阿廖卡离开时,古霞放声大哭。伊万用沉默折磨着自己,没能对女儿说出那些重要的话。

他害怕开口。临别时,他塞给她一本大仲马的书。就让她读一读吧。书通常不会被丢弃,这样她就能记住。只要她拿起书,就会想起他。

　　再也没有"生活安好学习用功身体健康吻你六号站台"的电报发来。也没有信,一封也没有:人走了,就忘记了。他不想听见古霞的哭诉,于是走到桥边,在曾经狗窝所在的山坡上坐着,抽上很长时间的烟,时不时呜咽两声。有一天他终于意识到自己在做什么,当晚就喝个烂醉,狠狠打了古霞一顿,打得心满意足。她默默地承受着。后来他再也没动过她,他已经感到满足了。他是一个清醒、有主意的人,没有什么可以击倒他,没有什么可以让他下跪。即使生活突然抛来什么,即使零号列车停下……

零号列车停下了。

阿尔达布耶夫拿起提灯,沿着车厢巡视了一遍。一节节车厢紧锁加封。四节野兽般喘着粗气的蒸汽机车。没有一个人影。他喊了一声,也没有回应。司机呢?锅炉工呢?人呢?难道是圣灵在开车?

他回到车站,给八号站台发电报。等了好长一段时间,电报机才传来回应:"谁在发电报?"

他敲着发报机:"第九车站站长阿尔达布耶夫零号列车停车了该怎么办?"

这一次新电报立马到了:"无此车站无此列车无此博多电报机无此阿尔达布耶夫完毕。"

他呆呆地看着电报条。无。什么都没有。那他周围的是什么?窗外那四节喘着粗气的机车是什么?打出这电报条的机器是什么?而他又是什么？浑蛋，真会挑时候开玩笑。要是红发上校还在，他能把你们的脑袋和关节拧成一团。这可是铁路，开不得玩笑。他重复请求。电报机沉默了。再试一次。然后再试一次。他生气了，敲着："是我杀了红发上校是我杀了米沙朗道是我杀了自己的父亲母亲是我杀了瓦夏是我杀了阿尔达布耶夫。"还是没有回应。不，这种情况从没有过。他还清醒。他还活着。他没在睡觉，没在做梦。铁路还在。零号列车还在。现在他要让这趟列车启动。他不得不让它启动。他要让它动起来，哪怕是用牙齿拖着它走。

他走上月台，高举提灯，紧咬牙关。是时候了。出发。快，走啊，动起来，该死的铁疙瘩，快啊，动起来。嘟嘟地叫起来啊，他妈的。快点，走啊！喷气啊，鸣笛啊，吼起来啊，你这蠕虫，爬啊，离开这里，动起来，你这毒蛇，见鬼去吧，下地狱去吧！走啊！走啊！

列车突然启动了。

油亮的活塞发出嘶嘶声，似乎不情愿般缓缓挪动。汽笛冒出蒸汽。呜——开动了。真的开动了。快！快！再快！沉甸甸的列车仿佛再也受不了他的尖叫，再也受不了他怪物似的嘶吼、野兽般的咆哮，终于开动了，速度越来越快，最终在钢轨接合处发出轰响，还有四声尖利的汽笛，飞驰而去——去吧！去吧！向着未知的前方，没有回头路，无论去哪儿，只要向前！向前！向前！

雨一下就下个不停。天渐渐亮了。零号——现在又该叫它什么？——依旧哐当哐当地运行着。只不过，阿尔达布耶夫侧耳倾听：此刻每隔几分钟就有一趟列车驶过。到底有多少趟？就像洪水决堤一般。

天亮了，他一夜没睡。他听见古霞提着的水桶叮当作响，她正准备去牛棚挤奶。他们还养奶牛干吗？早该宰了。反正他和古霞都不喝牛奶，牛奶全喂猪崽了。

都该宰了。

他坐在床上,用手掌捋着硬硬的头发。桥墩旁那个白晃晃的东西是什么?他看向窗外。灰蒙蒙的晨光下,一把椅子斜插在山坡上。费拉留下的。只剩这个了。她院子里脏兮兮的白纸鸟被雨水打湿,粘在栅栏上,粘在空荡荡的屋墙上。费拉不在了。就仿佛她从来没有存在过。是的,而且这些年她也早就不存在了。她钉死了房门,白天不见人影。他甚至没察觉她是从什么时候起就不出现在电报室了,就这么退休了。只有夜里,她像影子一样在屋外晃荡。一个枯朽病弱的老妇人。

有一天清晨,一个背着行军包的男孩从她的屋里溜出来。男孩身上穿着用米沙的旧西装拼缝的短夹克,白色短袜松垮地套在他瘦弱的双腿上。他沿小路飞快地跑向大桥,抓住栏杆爬上去，沿着生锈的铁轨向前跑，尽力不看脚下桥墩处搅起泡沫的褐色水流——就这么走了。消失了。只剩下她一个人。而过了这么多年，男孩回来了，带走了她。去哪儿？为什么？伊万摇摇头。她已经无处可依了。

他烧开了水沏茶。在嘴里含一块方糖。

身后响起了敲门声。

"我要走了，伊万，"古霞说，"我们一起离开这里吧。我害怕一个人。害怕死在半路上……"

"我们能去哪儿？"阿尔达布耶夫勉强地笑了笑，"去坟墓里吗？只有那里才是我们的归宿。"

"我们去找阿廖卡。她在莫斯科。"

"你怎么知道的？"

"总能找到的。我们俩还有什么可留恋的？不如去找她。"

"但她早就忘了咱们俩。都过了多少年了……"

"走吧,"古霞重复道,"亲爱的,走吧。房子已经四处裂缝,眼瞅着就塌了,会压死人的。我不想就这么死去,我不想!只要我们离开这里,伊万,其他的以后再说。人们不会见死不救的。"她沉默了一会儿。"不然我就一个人走。"

伊万定神看着她。他明白:她下定决心要离开。

"我会留下来,"他最后说道,"留下来。"

他转过身。门砰的一声关上。孤身一人。千真万确。不过,也许古霞会回心转意。

他穿得暖和了些,冒着大雨出门,雨似乎变小了。椅子还在原地。让它见鬼去吧。他踩着泥泞,滑到河边。就是这个,白晃晃的东西。会是什么呢?看起来像……他抹了把脸,加快了脚步。

那是一具浮尸。全身赤裸,背部朝上漂荡在水中,卡在河岸与桥墩之间丛生的灌木中。尸体的双手沉在水中。看来肯定是这两只手勾住了柳条。

他带着钩竿回来了。他钩住浮尸的肩膀,

拉向自己。尸体被水流翻转过来,伊万猛地将它拉向河岸。他去抓它的手,又立即缩了回来。肉已经从骨头上剥落。这股臭味——老天啊!它究竟漂了多久?伊万在河里洗了洗手,深吸一口气,提起腐烂的脑袋,将它转向自己。脸上已经没了五官。鼻子、嘴巴和眼睛都被鱼吃掉了。这股味道。真让人恶心。尸体手里是什么?他试图掰开那只扭曲的手,里面紧握着某样金属物件。他费力地抠出那个铁疙瘩,它看起来像一个套筒扳手。啊哈。他仔细地冲洗它,用沙子擦干净,在水里淘一淘,塞进了口袋。啊哈。他用钩竿推开了尸体。它的脑袋沉下去又浮起来,露出太阳穴上的洞,然后又沉入褐色的水流。太阳穴上的小洞。扳手。河水裹挟着尸体远去。洞。扳手。他突然感到一阵燥热。

这不可能。

"这不可能。"他出声重复道。红发上校应该连骨头都不剩了。头顶又传来一阵列车驶过的轰鸣。机车两节在前,两节在后,一百节车厢。它疾驰在环绕大地的河流之上——如果这大地真的是圆的。它疾驰在这条人可以两次踏入的河流之上。而这就是惩罚。复仇。这就是你的那条河。

他握紧口袋里的金属疙瘩,艰难地踩着泥泞走回了家。

古霞在卧室里收拾行李。

"你这是干什么?你真的要走?"伊万嘟囔着,"那家里的牲口该怎么办?奶牛、猪该怎么办?还有鸡?"

"都宰了,"古霞回答说,"我们随身带一些牛肉和两只鸡,其他的都埋了。你的条纹衬衫我也打包好了。"

伊万长叹一口气。

"我不会走的,古霞。我说过了。"

"随你的便,"古霞冷冷地说,"那我就自己走。你不是人,是块铁疙瘩。我自己走。"

伊万回到自己的房间,哼了一声,坐在椅子上,把瓦夏的笔记本拿到面前。翻开。一页白纸。再翻一页:还是一页白纸。伊万迅速翻完整个本子——全是空白。难道搞错了?不可能,这儿还有被撕掉的痕迹。但没见着一道铅笔痕。这么说,瓦夏什么都没写?一辈子都在承诺,答应要写——但压根儿没准备付诸行动。话说回来,自己为什么笃定瓦夏写了呢?他能写吗?他哪儿来的力气?哪儿来的智慧?他一直嘟囔着些没逻辑的话:嘟滴姆迪古腾塔格力博布厚德你个傻瓜哈哈哈①。要么就低声哼哼一些没完没了的调子：呜呜呜……咿咿咿……如今只剩下了这些"呜"和"咿"，纸上自然是一片空白。

伊万啪的一声合上笔记本。或许，瓦夏并没有在那里发现什么特别的东西？或许，他被路途的艰辛和自己的恐惧折磨疯了？因为饥饿与寒冷？因为孤独？因为被抛弃，因为自己一无是处、不被需要？他去了那里，却什么也没看见，因为那里本就什么都没有。什么都没有，也没有一个人。空荡荡的地方。一片荒芜。尽管，或许那也意味着神圣。瓦夏去了那里，却发现只有虚无。虚无在嗡嗡作响，嘻笑着，大

---

① 混杂意大利语、德语和俄语的嘟囔，组合起来意为：所有人都沉默了，早上好我亲爱的兄弟，你个傻瓜，哈哈哈。

声地嘲弄：

"怎么，瓦夏·德列穆欣，你也上钩了？你也成了傻瓜？看吧，这就是我们的神圣事业。你来到这片圣地，来到这片粪土般的应许之地，现在可要好好瞧一瞧。你看见了什么？听见了什么？什么都没有？这就是你所有问题的答案。最终的答案。答案·答案维奇[①]。问题的问题的答案的答案。没料到吧？你以为，你来了就能一下子、一抬手抓住关键，一口气参透、明白一切？但这里糟糕透了。一片荒芜。死气沉沉。连一具骷髅、一个活人都没有，就算有，骷髅不能复生，活人在这里也根本无事可做。但一千年来，人们硬是蹚出了这条路。怎么能不来呢？这可是圣地啊！或者你早就料到了这一

[①] "维奇"在俄罗斯人名中是父称的变体，指"……的儿子"。

切，只是不相信？对吧？难怪。你料到了，但不相信。结果就成了傻瓜。在等待答案的过程中迷失了自我。滚吧，丧家犬。"

瓦夏赶紧溜了。这就是故事的全部。或者类似的故事。阿尔达布耶夫也曾想过这些，但并没有深入去想，也没时间去想：重要的是确保零号列车通过，准时准点。不过有时候，他又觉得，那里存在着一切，整个世界，全部生命，但整个世界与全部生命之所以存在，全是因为在这里，在这个无人知晓的九号站台，有一个无人知晓的老傻瓜拎着提灯，迎接然后告别每一趟零号列车。它正巧来了。哐当哐当驶过。接着又一趟。又或者那是心脏在震颤？嘎达作响，令脆弱的身躯随之战栗。强大而又脆弱。没有旗帜和提灯，没有信号机和电报——零号列车就这么驶过了。不需要他,不需要老傻瓜阿尔达布耶夫……

"伊万,哎,伊万?"古霞从门后呼唤,"你要来送送我吗?"

"来了。"

他背上古霞不算很重的行囊,跟在她身后,走向大桥。雨已经停了。天空放晴。

他们费力爬上大桥。锈迹斑斑的铁轨边还留有雪橇的痕迹。他们就是用这架雪橇将瓦夏的尸体运到了墓地。

"别忘了时不时去墓地看看,"古霞说,"祭奠一下瓦夏,储藏室里应该还剩了一些东西。"

"好了,知道了。换你背包吧。"

他将行囊换到古霞背上,稍作调整,又替她理了理肩带。

"你真的不走吗?"她说,"真是块铁疙瘩……可我爱过你,伊万。我发誓。我从来没有像这样爱过别人。再见了,万尼亚。"

"再见。"

他用湿漉漉的嘴唇亲了亲她湿漉漉的面颊,目光久久地跟随着行囊之下佝偻的老妇人。

她走了。

只剩下他了。还有零号列车。这片土地上的最后一人。唯一一个。这里已经再没有人行使职责。

回到家,他蜷缩在炉子前,将手贴在侧面的瓷砖上,烤了好一阵子火。好吧。他在这里没什么好怕的了,除了他自己。方圆几百里都已是无人荒漠,见不到一头野兽。他仔细倾听:这震颤源自心脏还是零号列车?分不出来。

午饭过后,他沉沉地睡去。他梦见铁轨像一条蛇一样蠕动,遁入草地、森林和田野。他梦见一片废土与荒芜,瘟疫与饥荒,沙漠,还有他自己,无比孤独。堂多米诺,傻瓜,老傻瓜,绅士老爷,远征骑士,从头到脚都缠满生锈的毒蛇。还有那个常做的关于费拉的梦:她浅笑着,腮边含着一颗糖,嘴角挂着一丝甜蜜。阳光下她几近透明,纤细的骨骼漂浮在粉色果冻状的身体中。还梦见了月台边的阿廖娜,她大声呼喊着"母亲!万尼亚!",被迅速碾入车轮之下。还有古霞，抽泣着，半梦半醒间用灼热的臀部贴近他的大腿。

"这到底是怎么回事?!"他一醒来就生气地大喊，"到底是怎么回事?!"

人都到哪儿去了？为什么墙上有裂缝？是因为零号列车的共振，还是因为心脏的轰响——为自己这一生积攒的易燃易爆的苦楚而轰响。列车。它还没有离开吗？还在哐当哐当地行驶？天啊。这怎么可能。已经什么都不剩了，一个人都不剩了。只有他。他拥有的全部财产就是血与记忆。你还记得吗，费拉？费拉已经不在了。他必须独自记下一切，只靠自己。这是一件沉重的事。最沉重的莫过于铭记，而非比较。

雨又下起来了。列车在轰鸣。这是第几趟

了？第三十趟？第一百趟？第一万趟？难道都是零号列车？

轰鸣声在耳内回响。

是时候了。

他轻轻关上身后的门，就像合上棺材盖子那样小心翼翼。房间里有什么东西掉了下来，散落一地。有什么东西倒塌了。但他没有回头。无法回头。该发生的事无可避免。他走到走廊尽头才回头瞥了一眼。天花板已经下陷、开裂。碎屑和灰尘从裂缝里纷纷撒落。房子被途经列车震得摇摇欲坠。

房子倒了。

他走进黑暗，走进雨水中。身后的门框也坍塌了。居然到了这种地步！屋顶的瓦片掉了下来，无声无息地碎成粉末。算了。铁轨边，月台塌陷了。营房也散架了。他看了一眼设备间：天花板已经掉落，墙面布满裂缝，一个装着设备的柜子倒了，横在房间中央，把一张桌子砸得粉碎。不久前，这张桌子上还放着瓦夏的棺材；更早之前，费拉也常常坐在桌边。房子一个劲地摇晃。窗框与玻璃纷纷爆裂、脱落。

阿尔达布耶夫抓起提灯，快步沿路基走向大桥。列车咆哮着飞驶而过，激起水花，抛起碎石，掀翻了他的制帽，扯开了雨衣，然后消失了。

伊万回过头。房子经受不住一趟趟沉重列车引发的长达几小时的共振，终于在他眼前轰然倒塌。又来了：四节蒸汽机车，一百节车厢，每节重达六十四吨、体积一百二十立方米的破烂玩意儿——叫什么来着？秘密？对了，秘密。

屋顶向内塌陷，墙壁摇晃几下后也开始瓦解。最后只剩下一截尖利的断壁，那里有什么东西在闪着白光。也许是镜子。没有灰尘，没有喧嚣。只有雨水，黑暗，零号列车——一趟又一趟地咆哮着驶过大桥，扯开雨衣，溅起水花……

检修井轻而易举就打开了。一节生锈的窄梯通往下方的平台。阿尔达布耶夫迅速爬下梯子，迎面就撞上了铁门。他在口袋里摸索从尸体身上搜来的套筒扳手，通开锁簧。他举高提灯。狭小的房间中央有一个木箱，木箱上是一个金属盒子，从上面延伸出的引线深深地埋入桥墩内部。他举起盒子——引线轻易地就松了。如果桥墩深处什么都没有呢？啊，红发上校，你想骗我？你本该得手的……他用绳子将金属盒子绑在腰间，用雨衣下摆盖住，爬上梯子后还检查了一遍引线有没有卡住。引线很顺畅。行，妥了。德意志大街电车不停……标志女孩把握方向……妥了。他喘着粗气，终于爬上了被雨水浇透的大桥。他蹲在一根枕木边缘，想要抽一根烟，但大风吹灭了火柴。好吧，不抽就不抽吧。

是时候了。

他抓紧栏杆，呻吟着站起身，挺直了身子。背部感到一阵酸痛。老了。还等了这么久。一辈子。他已等了太久，不是吗？他向自己眨眨眼。红发上校对他的评价是对的：一直在等。他想，一趟零号列车，又一趟零号列车，一百趟、一千趟、上万趟零号列车，接着突然有一天——怎么样？就什么都没有了。他也是一个像米沙和瓦夏那样的傻瓜。一样中了毒。等待着有人会下命令。可惜,除了他自己,没人会下命令。一切都得自己承担:所有这些死亡与毁灭,所有的崩塌,饥荒与瘟疫,所有的不幸。不是因为他做错了什么(他没有错,见鬼!),只是因为再没别人可以承担了。就是这么回事,红发上校。这道命令他得自己给自己下。那么,就是现在了。他已经告别了所有人,送走了所有人——有的人去了远方,有的人走上了终途。妻子。女儿。爱人。兄弟。敌人。所有人。人类。

是时候了。

他抖了抖肩膀,甩下雨衣。风卷起这块黑色的油布,在栏杆上抽打,揉成一团,抛下大桥,带着它飞过黑色的河流。

是时候了。

他踉跄前行。将扳手插入接口。心脏狂跳，淹没了所有声音，仿佛随时都会爆裂。一定，一定要坚持住。太多东西，太多过往的记忆积压在他内心深处，被压缩成一团，只要一点火星就足以将其引爆，将一切炸得粉碎。他踏上枕木。远处，探照灯陡然刺破黑暗。零号列车的车轮撞击着铁轨，正在靠近。大桥不再是大桥，人形也不复是人形。来吧，睁大眼睛看看。

上千吨的钢材、铸铁与冻硬了的木材朝着蓄力公牛般弓身蜷缩的老人冲来。也许他会因为这样的冲力、触碰和致命的撞击而感到解脱，但什么也没发生：没有冲力，没有触碰，没有致命的撞击，也没有因瞬时发生而绚烂的死亡。于是他用尽全力拧动扳手，压制着那撕碎躯体的恐惧，那自心脏迸发、要将他凿穿的颤抖——而在下一瞬,他恍然大悟,这股力量并不是来自身体内部。耀眼的火光、骇人的巨响撕破了黑夜,炸翻了车站,炸翻了铁路,炸翻了世界——也将他羸弱的身躯抛向未来,抛向无尽的虚空。

图书在版编目（CIP）数据

零号列车 /（俄罗斯）尤里·布伊达著；颜宽译. 海口：南海出版公司，2025.8. -- ISBN 978-7-5735-0776-1

Ⅰ．I512.45

中国国家版本馆CIP数据核字第2025HM9289号

著作权合同登记号　图字：30-2025-042

© Iouri Bouida, 1997 and © Éditions Gallimard, Paris, 1998.
Published by arrangement with ELKOST Int. literary agency
Sale is forbidden outside of Mainland China

零号列车
〔俄罗斯〕尤里·布伊达 著
颜宽 译

出　　版	南海出版公司　（0898）66568511
	海口市海秀中路51号星华大厦五楼　邮编 570206
发　　行	新经典发行有限公司
	电话(010)68423599　邮箱 editor@readinglife.com
经　　销	新华书店
责任编辑	侯明明
特邀编辑	周雨晴　刘书含
营销编辑	罗琳丹　李琼琼
装帧设计	木　春
内文制作	田小波
印　　刷	河北鹏润印刷有限公司
开　　本	787毫米×1092毫米　1/32
印　　张	6
字　　数	57千
版　　次	2025年8月第1版
印　　次	2025年8月第1次印刷
书　　号	ISBN 978-7-5735-0776-1
定　　价	49.00元

版权所有，侵权必究
如有印装质量问题，请发邮件至　zhiliang@readinglife.com